HELDENDROOM

Inez van Dullemen

Heldendroom

ROMAN

2007

DE BEZIGE BIJ

AMSTERDAM

De auteur heeft voor het schrijven van deze roman een
werkbeurs ontvangen van het Fonds voor de Letteren

Copyright © 2007 Inez van Dullemen
Omslagontwerp Brigitte Slangen
Omslagillustratie Nederlands Fotomuseum, Rotterdam
Foto auteur Hans Vermeulen
Vormgeving binnenwerk Perfect Service, Schoonhoven
Druk Clausen & Bosse, Leck
ISBN 978 90 234 2600 4
NUR 301

www.debezigebij.nl

Aan de nagedachtenis van mijn broer Ronald

Voor Caroline
omdat ze mij heeft aangemoedigd dit boek te schrijven

AFSCHEID VAN MIJN BROER

Er blies een warme geurige wind en er hing een frivoliteit in de lucht vanwege het lichtend jonge blad aan de bomen en het verkeer van vogels die druk in de weer waren met hun eigen besognes. Voor hen was de begraafplaats een eldorado waarin ze ongestoord hun leven konden leiden, volstrekt bezijden de grimmige realiteit van de zerken, grafbloemen en tranen.

De in zomerkleren gestoken kleine stoet volgde de kist met onze dode via het netwerk van smalle paden door Oud Eik en Duinen naar zijn plaats van bestemming. Hier en daar bloeide een struikje rozen of lagen er bloemen op een graf, maar het merendeel van de doden leek te zijn uitgeleverd aan de vergetelheid.

Slechts één keer eerder had ik de begraafplaats bezocht, dat was toen Onno nog leefde en hij mij had meegenomen naar het familiegraf waarin het gebeente van ons voorgeslacht rustte. Een loodzware granieten steen had het graf bijna driekwart eeuw geleden gesloten boven het stoffelijk overschot van onze grootvader, de laatste die daarin was afgedaald. Nadien was niemand hem meer gevolgd.

7

'Er is nog ruimte genoeg in dat graf,' had Onno tegen mij gezegd. 'Voel jij er ook niet voor om daar te liggen?'

Datzelfde had hij ook bepleit bij onze jongere broer, alsof hij het gezellig zou vinden wanneer wij met ons drieën daarin zouden liggen, definitief verenigd, onze strijdpunten uitgewist.

Ik had me verbaasd over de merkwaardige verknochtheid van Onno aan dat oude graf dat er zoveel decennia vergeten bij had gelegen. Verlekkerd leek hij naar de grafplaat te kijken waarin de namen stonden gegrift van onze grootmoeder A.E. Scheltema en grootvader M.L.F. van Hoffen, bij leven notaris te 's-Hertogenbosch. Er doemde een plaatje in mijn hoofd op van mijn grootvaders rozige gezicht en sneeuwwitte haar.

'Herinner je je nog dat hij 's zomers bij ons kwam logeren in de Saxen Weimarlaan,' vroeg ik, 'en op een kampeerbed in het tuinhuisje moest slapen omdat er binnen geen plaats voor hem was?'

Onno had bedachtzaam geknikt. Ik verdacht hem ervan te willen verhullen dat zijn geheugen op het punt van onze jeugd een lege bladzij was.

'Weet je nog?' drong ik aan. 'We speelden groentemannetje in de achtertuin en trokken bloemen en bladeren van de planten om onze kruiwagen mee te vullen...'

Ik zag twee kinderen voor me, broer en zusje. Of verscheen er nu voor mijn innerlijk oog een vergeelde foto uit ons familiealbum? Een somber tuintje met rododendrons, een klein schaduwparadijs, en wij, de kinderen in eigen gebreide vestjes, gekrompen in de was, ikzelf de kleinste met afzakkende luierbroek. Veilig van de buitenwereld afgesloten door een gemeen prikkende hulsthaag: de groenteman en zijn vrouw.

'Kun je je nog herinneren dat we op een ochtend vroeg naar buiten slopen om opa te bespieden? De deur van het tuinhuisje stond op een kier omdat het huisje niet op opa en zijn bed was berekend. We hoorden hem snurken, niet zo luidruchtig als onze vader, eerder met een klaaglijk zaagdeuntje. Door een kier van de deur loerden wij naar binnen en in het donker zag ik duidelijk dreigende zwarte spooksels rond opa's kampeerbed staan. Van angstige spanning kneep ik jou in je arm: "Wat zijn dat?" – "Stommerd," zei jij, "dat zijn de hark en de schop, en dat daar is de tuinslang." Ik vertrouwde het maar half tot ik aan het hoofdeinde van het bed een muts kon onderscheiden waaruit opa's witte haar tevoorschijn piekte. Bijna had ik van pure opluchting: opa, opa geroepen, maar jij legde je hand op mijn mond. Jij wist alles altijd beter. Jarenlang heb ik jou geloofd wanneer je beweerde dat opa eigenlijk de kerstman was, maar omdat hij in de zomer niks te doen had, zei jij, kwam hij bij ons logeren...'

Een onverhoedse vlaag van heimwee sloeg door mij heen. Vanwege de voorbije tijd, de verloren levens. Ik moest de opwelling bedwingen Onno's hand te grijpen alsof wij beiden één ogenblik weer dat broertje en zusje konden worden achter die prikkelige hulsthaag, zonder enig besef van de wereld die zich daarachter schuilhield. 'Kun je je daar niets meer van herinneren?'

Hij antwoordde niet. Ik zag hoe hij naar de zerk stond

te staren, naar de gebeitelde letters die ondiep waren ge-
sleten door de tijd: M.L.F. van Hoffen. Marius Lodewijk Felix van Hoffen. Gedurende een bepaalde periode
in zijn leven had hij zijn eigen naam, Onno, afgeschaft
om zich Lodewijk te noemen. Van dat Lodewijk maakte
hij Lode. Lode, dat had een zware klank, het deed aan
lood denken. Waarom wilde hij in dit graf liggen onder
de sombere granieten steen, bij het gebeente van onze
grootvader?

Misschien is hij op zoek naar zijn wortels, dacht ik. Wil
hij terug in de schoot van de familie, bij zijn kerstman-
grootvader. Maar die hereniging kan alleen de dood te-
weegbrengen.

De kist naderde zijn eindbestemming. De dodentuin lag
als een stil eiland in het hart van de stad, een tuin van herinneringen, van eeuwige slapers. Ik kon me niet onttrek-
ken aan de vredigheid die er heerste, bijna alsof er een
verzoenende hand naar mij werd uitgestoken. Ik hoorde
de vogels ritselen en roepen tussen het gebladerte, een ek-
ster snaaide een bloemblad van een verbleekte kunstroos
weg om zijn nest mee te versieren. Dit was geen dag om
iemand te begraven, eerder een dag voor opstanding. Alles bereidde zich voor op nieuw leven.

Drie vrouwen stonden voor de open grafkuil, waaruit een berg zand was geschept om plaats te maken voor
mijn broer en zijn kist; de granieten dekplaat met onze
familienaam lag er scheef bovenop. Drie vrouwen: zijn
enige dochter, de zeventigjarige minnares (de laatste in

de rij van minnaressen) en het kind met het lichte krulhaar dat bewoog in de wind – hetzelfde krulhaar zoals
Onno als kleine jongen had gehad. Er is toch nog iets
bloeiends uit hem voortgekomen, was een gedachte die
door mij heenging.

Ik stond achter de vrouwen, de drie generaties. Zij waren het die de hoofdrollen vertolkten, op hen stonden de
schijnwerpers gericht. Ik staarde naar de orthopedische
schoenen van de minnares, de hooggehakte van de blon-
dine, zijn dochter, en de kinderschoentjes, wit met een
bandje over de wreef van het kleine meisje. Onwillekeurig moest ik aan een scène uit een film van Ingmar Berg-
man denken, aan de raadselachtige dubbelheid die zijn
films zo intrigerend maakt en waarin hij personages ten
tonele voert achter wier leven een heimelijke geschiedenis schuilgaat. Wie van ons, zo vroeg ik me af, had Onno
werkelijk gekend?

De vrouwen wierpen bloemen op het kistdeksel en het
kind prikte een roze met geel plastic windmolentje in het
zand terzijde van het gat waarin de kist was weggezakt.
Met een knisterend ritselen deed de lentewind het mo-
lentje ronddraaien.

'Dat zal opa leuk vinden,' zei het kind.

WIJ

Wanneer ik mijn gedachten terug laat gaan heb ik het gevoel twee totaal verschillende broers te hebben gehad, of

misschien zelfs drie, als laatste de dode die nu in de aarde ligt, de stoïcijnse man die gelaten zijn leven ten einde leefde.

Allereerst was er de kleine broer, mijn speelkameraadje. Met slechts anderhalf jaar verschil in leeftijd waren wij vanzelfsprekend op elkaar aangewezen, bovendien kwamen er zelden andere kinderen bij ons over de vloer – neefjes en nichtjes waren niet voorhanden – hetgeen onze betrokkenheid bij elkaar alleen maar groter maakte. Lange tijd bleef Onno de enige stamhouder in de familietak van de Van Hoffens tot elf jaar later ons nakomertje Tristan werd geboren. Vandaar dat Onno voor onze vader, maar ook voor onze grootvader vele jaren de enige manlijke nazaat was waar beiden grote verwachtingen van koesterden. En voor onze moeder was mijn broertje van meet af aan de gedroomde zoon die haar vurigste wens had vervuld toen ze hem mocht ontvangen nadat ze de dertig al was gepasseerd. Ze vertelde me eens hoe ze, toen ze van hem in verwachting was, van haar eerstgeborene had gedroomd in de gedaante van een adelaar die haar in zijn klauwen oppakte van de grond en met zich meevoerde door het luchtruim. Die droom had een onuitwisbare indruk op haar gemaakt. Op een dag toen ze door hem werd onderzocht, vertelde zij haar antroposofische vriend, de huisarts, van haar droom. De arts (naar ik vermoed in de ban van haar violette ogen) was geruime tijd aan haar bed blijven zitten om vervolgens te verklaren dat de adelaar uit haar droom het symbool moest zijn van een grote geest die haar had uitgekozen om via haar lichaam zijn reis op aarde te beginnen. Mogelijk zou het ongeboren kind een belangrijk denker worden of een hervormer.

Maar wij beiden, Onno en ik, hadden geen enkel besef van de eventuele verwachtingen die onze komst in het gemoed van onze naaste bloedverwanten had doen ontvlammen. Wij speelden. Speelden met hartstocht en in volledige harmonie alsof wij een tweeling waren uit één enkele eicel voortgekomen. Aanvankelijk, in de tijd dat we nog in het kleine benedenhuis in de Saxen Weimarlaan woonden en in stapelbedden sliepen, wisselden wij onze dromen uit en probeerden we elkaar te overtroeven met bizarre en huiveringwekkende verzinsels. En ik herinner me nog mijn schuldgevoel wanneer ik er op los fantaseerde terwijl ik meende dat Onno goudeerlijk was. Naderhand, toen we een ruimer bovenhuis hadden betrokken en elk een eigen slaapkamertje kregen, slopen wij iedere ochtend in de vroegte naar elkaar toe om bij elkaar in bed te kruipen of te gaan spelen in de koude huiskamer nog voordat het dienstmeisje beneden kwam om de kachel op te porren en de ontbijttafel te dekken. Onze favoriete bezigheid was het bouwen van burchten en verdedigingswerken op het kalende Perzische tapijt.

De bewoners van onze burchten waren glazen stuiters waarvan de fraaiste en meest zeldzame de koning en de daarop volgende in grootte generaals en officieren waren. De generaals bezaten prachtige dooreenvloeiende kleuren, terwijl de officieren, iets geringer van formaat, gekleurde gedraaide streepjes hadden. Doffe aardkleurige knikkers vertegenwoordigden de soldaten, het voetvolk, het kanonnenvlees, die hadden bij het ruilen dan ook vrijwel geen waarde, je telde tien soldaten neer voor één officier. Soms maakten wij van platte houten blokken schepen en voeren dan met ons leger de zee over. Het vloerzeil rondom het tapijt was de zee, kleinere kleedjes moesten onbewoonde eilanden verbeelden die wij gingen ontdekken. We zeilden met onze schepen onder het hoogpotige buffet door, het fraaie buffet waarvan mijn moeder herhaaldelijk met stemverheffing riep dat het van penáát was, een zonderlinge kreet die zoiets als een alarmsignaal betekende: denk om het buffet! Er mochten geen krassen op komen, het was kostbaar. Dus gingen wij uit voorzorg op onze buik liggen wanneer wij onder het buffet doorzeilden. Het buffet was nu eenmaal een noodzakelijk onderdeel van onze route, het stelde een tunnel onder een rotsgebergte voor, maar ondanks ons behoedzaam manoeuvreren kon het gebeuren dat we onze kop of rug stootten tegen de bodem waardoor de kristallen glazen in het inwendige van het meubel beangstigend begonnen te rinkelen. Onherroepelijk kwam er dan een dag dat onze moeder het deurtje opende en de scherven vond. Ze had een opvliegend temperament, onze moeder, en haar boosheid was dan ook niet mis. Wij waren echter samen, Onno en ik, samen stonden wij voor haar met neergeslagen ogen. We wisten van niks... Zijn jullie onder het buffet door gekropen? Wij keken schuin naar elkaar: ja, dat wel. Samen kregen we straf. Nooit strenge straf, hooguit kale boterhammen bij de lunch, want onze moeder was, hoewel opvliegend, zacht van aard.

Onze geheime veldtochten door de kamer verbonden Onno en mij. Wij doken diep weg in het rijk van onze verbeelding waardoor alledaagse voorwerpen ofwel veranderden in vrijwel onneembare obstakels die wij moesten trotseren of in exotische eilanden waarop onbekende stammen woonden, de ene keer menseneters, een andere maal koningen die een geheimzinnige beschaving hadden gesticht. Zolang we speelden werd al het overige – school, huiswerk, pianoles – teruggebracht tot iets onbetekenends en leefden we onze kinderodyssee zonder ooit van die roemruchte zwerftocht te hebben gehoord.

Wanneer is er toen een barst gekomen in ons kinderverbond? Aanvankelijk een vrijwel onbetekenend scheurtje dat dieper en dieper werd, dat uitgehold werd door irritatie en jaloezie van Onno's kant, onbegrip van mij, halsstarrigheid niet te willen erkennen dat mijn broer zich van mij wenste los te maken. Ten slotte verwijdde de barst zich tot een onoverbrugbare kloof.

Mogelijk is de verandering die zich aan Onno voltrok begonnen met een ogenschijnlijk onbeduidend voorval in zijn vroege kinderjaren. Een voorval dat hem een glimp moet hebben geopenbaard van de onbarmhartige wereld die zich achter zijn onbekommerd kinderleven schuilhield. Hoeveel gebeurtenissen in ons leven verdwijnen niet als sneeuwvlokken onder de zon uit ons geheugen? Zeker wanneer een dergelijk gebeuren geen enkele noemenswaardige verandering in je leven teweegbrengt. Er zijn echter voorvallen die zich inspinnen in je geest zonder dat je daar weet van hebt en daar wortelschieten, lange lange wortels.

De geschiedenis van Onno

HET BEZOEK VAN DE VREEMDELINGEN

Het moet in 1932 of daaromtrent geweest zijn dat er aan de voordeur van het benedenhuis in de Saxen Weimarlaan twee vreemde mannen verschenen. Onno, die samen met moeder in de deuropening was komen staan, liet zijn verbaasde blik over de vreemdelingen dwalen waarvan de een in plaats van een normaal been een houten stok had met een knop aan het uiteinde die blijkbaar als voet moest dienen, terwijl van de schouder van de andere man een lege mouw hing die meezwaaide in de wind. De vreemde gasten praatten met uitheemse tongval op zijn moeder in die aanvankelijk terughoudend reageerde en haar hand afwerend ophield. Degene met de lege mouw had met een touw een kaart aan zijn nek hangen die hij onder Johanna's aandacht bracht. In het begin was Onno zo gebiologeerd door de houten poot en de lege mouw dat het niet tot hem doordrong waarover zijn moeder met behulp van gebaren en onbegrijpelijke klanken met de twee mannen in gesprek was totdat degene met het houten been een versleten rugzak van zijn rug tilde en daaruit primitieve schilderijtjes – gemaakt door kinderen leek het – tevoorschijn haalde om die een voor een aan Johanna te laten zien. Ten slotte had Johanna instemmend geknikt en aan Onno gevraagd om haar portemonnee uit de la van de keukentafel te gaan halen. Ze hoorde hem heen en weer hollen: die wilde natuurlijk het naadje van de kous weten en niks van dit merkwaardige bezoek missen. De afbeeldingen lieten aandoenlijk onhandig geschilderde rotsgebergten zien met zwalkende kraaien daarboven of een meer van een heftig blauw, omzoomd door riet en bloemen. Maar een ervan vormde een opvallende uitzondering: tegen een vuilgrijze achtergrond zaten kinderen op een stoeprand, pathetisch bleekneuzige kinderen met holle ogen waarmee ze strak naar de toeschouwer staarden.

'Jij mag zeggen welke je de mooiste vindt,' zei Johanna tegen haar zoon.

Zich bewust van de ernst van zijn opdracht liet Onno zijn blik keurend over de landschapjes gaan en zei toen, gedecideerd met wijzende vinger: 'Die.'

Verbaasd keek Johanna van de afbeelding met de hologige kinderen naar haar zoon.

'Waarom die?' vroeg ze. Had hij misschien ooit een verhaal gelezen waarin zulke verkommerde schepsels een hoofdrol speelden?

Hij haalde zijn schouders op, keek van haar weg.

'Vind je die rotsen met die vogels niet mooier?' probeerde zijn moeder.

'Daar vind ik niks aan.'

Haast verontschuldigend glimlachte Johanna naar de beide invaliden: 'Als mijn zoon die het mooist vindt, moet het die maar worden...'

Nadat ze had betaald gaven beide mannen haar, en ook haar zoon, plechtig een hand en ze zag aan de uitdrukking op Onno's gezicht dat hij door dat gebaar werd geraakt, dat die handdruk hem het gevoel gaf dat hij meetelde.

Nog geruime tijd bleef Onno op de drempel staan om het tweetal na te kijken. Hij hoorde hoe het stampen van de houten poot zich door de laan verwijderde, zag het wuiven van de lege mouw onder de zon- en schaduwvlekken die de iepen over de twee vreemdelingen heen wierpen. Langzaam werden ze kleiner. Door het ritmisch gestamp had het iets van een mini-optocht.

'Wat was er met die mannen?' vroeg hij nadat het tweetal was verdwenen.

'Dat waren oorlogsinvaliden,' zei Johanna. 'Ze komen uit Duitsland om hier wat geld te verdienen want ze hebben daar weinig te eten.'

'Waarom? Ze kunnen daar toch ook schilderijtjes verkopen?'

'Niemand koopt daar iets van ze, want de mensen zijn heel arm.'

'Zijn ze armer dan hier?'

'De oorlog heeft veel huizen kapotgemaakt en veel mensen zijn doodgegaan.'

Onno staarde op de afbeelding van de bleke kinderen.

'Zijn er ook kinderen doodgegaan?'

'Dat weet ik niet. Het waren meestal soldaten die doodgingen. Maar omdat ze dikwijls geen vader meer hebben lijden de kinderen honger.'

Onno's gezicht verdonkerde – dat kende zij van hem, dat plotseling komen opzetten van onweer – zijn blik priemde in haar. 'Waarom heb je zo weinig gegeven? Er zat nog hartstikke veel in je portemonnee...'

Sympathiserend met zijn gevoelens wilde Johanna hem over het hoofd aaien, dat hij bokkig terugtrok.

'De volgende keer zal ik meer geven,' zei ze, 'dat beloof ik je.'

Mogelijk is het allemaal hiermee begonnen, met dat schilderijtje dat aan de deur werd aangeboden toen Onno een jaar of zeven was. Die ervaring moet iets in hem teweeg hebben gebracht, moet gewerkt hebben als een druppel van een drug die in zijn geest viel. Van een gif – als dat niet een al te negatieve voorstelling van zaken zou zijn voor iets dat in wezen positief is: medelijden van een jong kind met de honger en ellende van andere kinderen. Niettemin moet er achter die opwelling in zijn gemoedsleven iets anders in werking zijn getreden, langzaam groeiend door de jaren heen.

JOHANNA'S VELDTOCHT

De eerste jaren na zijn geboorte leefde Johanna met haar eerstgeborene in een toestand van symbiose, een verstrengeling over en weer, een vraag- en antwoordspel dat zich meer en meer ontplooide naarmate hij ouder werd. Wel deed na anderhalf jaar een klein meisje haar intrede in het gezin, maar dat was zo'n mollig tevreden diertje dat zij voorlopig de meeste aandacht op haar oudste kon richten die in die tijd al een interessant mensje begon te worden en zoals zij meende, een echte persoonlijkheid. Zij wilde hem een voorbeeldige opvoeding geven en hem begeleiden in zijn ontwikkeling waar het spreken en gebruik van woorden betrof, zijn tafelmanieren en liefhebberijen, maar bovenal zijn geestelijke ontplooiing.

Toen hij ouder werd wilde hij graag voorgelezen worden uit de kinderbijbel. Vooral het verhaal van Adam en Eva boeide hem erg en dan zag ze zijn groene ogen donker worden van ingespannen nadenken en dikwijls stelde hij verrassende vragen zoals: Die boom waarvan je niet mag plukken, heb jij die wel eens gezien? Heb jij wel eens een appel geplukt van die boom? En dan keek ze naar dat kinderhoofd waarin allerlei kersverse gedachten en vragen opdoemden en waarin die geest rondtastte naar de voor hem pas geschapen wereld. Een andere keer vroeg hij: Waarom heet God 'god'? Hoe noem je hem wel eens meer? Of: Als het regent en de hemel gaat een beetje open, kun je hem dan zien? Het trof haar dat hij de verhalen niet klakkeloos aanvaardde, maar dat hij ze aan een onderzoek onderwierp alsof hij speurde naar hun waarheidsgehalte of werkelijke betekenis. Zo vroeg hij op een dag: Als je lang met God praat, luistert hij dan nog wel?

Toen ze dit aan Onno's vader vertelde moest deze smakelijk lachen om die opmerkelijk slimme vraag die volgens hem de mythe van God doorprikte – en dat voor zo'n jong kind. Johanna zag dat anders, meer als een teken van een vroegrijpe onderzoekende geest. En ze moest terugdenken aan de droom over de adelaar tijdens haar zwangerschap. In Onno's vierde jaar gleed er echter een schaduw langs de wolkeloze hemel waaronder zij beiden leefden. Op een avond toen ze naar zijn ledikantje ging om hem te laten plassen, trof ze hem wakker hoewel zwaar ademend aan. Ze tilde hem uit zijn bed, maar hij reageerde krampachtig en duwde haar met beide handen van zich af alsof hij bang was dat de nabijheid van haar warme lijf hem zou verstikken. Koorts bleek hij niet te hebben, toch bleef ze de hele nacht bij hem waken, vertwijfeld toekijkend hoe zijn iele ribbenkastje bij iedere ademhaling op en neer zwoegde alsof hij onder een onzichtbare vracht bedolven lag. In de ochtend trad er enige verlichting in, maar in de daaropvolgende nacht begon zijn gevecht om lucht opnieuw.

De kwaal die haar kind in zijn klauwen had, zo begreep ze na het bezoek van de huisarts, droeg de naam astma.

Johanna grabbelde al haar vechtlust en moed bijeen en begon een ware veldtocht om de ongrijpbare kwelgeest die haar zoon belaagde te verdelgen. In de loop van maanden bezocht ze kinderartsen, homeopathische artsen en longspecialisten en probeerde op hun advies diverse geneeswijzen uit, vooral natuurgeneeswijzen waar zij een voorkeur voor had. Ook liet zij een serum maken omdat hun kinderarts inspuitingen met autoserum wilde toedienen. Daartoe toog ze samen met Onno naar

24

een bacterioloog die een beetje slijm uit zijn keel nodig had om van de daarin aanwezige bacillen een serum te kweken. Bij die behandeling reageerde Onno buitensporig angstig en weerspannig. Daarna bleef hij geruime tijd wrokken alsof zij hem die akelige behandeling had aangedaan en voor het eerst kreeg Johanna een voorproefje van zijn oplaaiende drift toen hij riep: 'Moeder, ik zal je kop afbijten...' Toch tilde zij niet zwaar aan zijn kinderlijk wangedrag, hij had immers zoveel te verduren gehad.

En toen opeens als luwte na de storm verdween de astma vanzelf en trachtte Johanna de zorgen van zich af te schudden en het ritme van het oude gelukkige gezinsleven weer op te pakken. Niettemin was haar argeloosheid verdwenen, ze bleef argwanend en oplettend als een haas in zijn leger. Hoorde zij Onno niet hoesten? Zag hij niet bleek? Liep hij niet krom?

Gedurende enige tijd geloofde Johanna rotsvast in de heilzame werking van luchtbaden. Spiernaakt liet zij de beide kinderen rond de tafel marcheren, terwijl ze zelf op haar tenen voor hen uitliep met haar armen zijwaarts gestrekt – een soort zelfontworpen heilgymnastiek beoefenend. In de winter was de slaapkamer onverwarmd, zij moesten immers gehard worden volgens de modernste inzichten van de heren artsen; zij was het gevecht aangegaan tegen geniepige bacillen, tegen gesnotter en gehoest en bovenal tegen de astma-aanvallen van haar oudste. Telkens deed ze een stap achteruit om de kinderen in hun rondgang om de tafel te laten passeren. Zij zag het welgevormde lijfje van Vera in schril contrast met het schriele lichaam van Onno waarvan de schouderbotjes uitstaken onder het witte vel, ze zag de rachitisachtige knokige jongensknieën – mijn God, ik heb hem toch altijd prima te eten gegeven, eieren en groente uit het reformhuis, Loverendalebrood, wat kun je meer doen...

'Diep ademen,' riep ze tegen de kinderen. 'Ik wil jullie borstkas omhoog zien komen: in en uit, in en uit.'

Door die kamer waar geen kachel brandde. IJsbloemen tegen het vensterglas. Dagen die langer werden, regen tegen de ruiten. In en uit. Onno voelde zich rampzalig in zijn blote vel. Hij vond het een lachwekkende vertoning: zijn moeder op haar tenen lopend met schommelende borsten. In en uit.

Helaas kreeg Onno de ene ziekte na de andere, naast astma ook kinkhoest, bronchitis, roodvonk. Johanna probeerde het met mosterdbaden. Later kon Onno zich nog tot in detail herinneren hoe zijn dunne benen door dat geelgroene water heenschemerden en zijn kleine piemel daarin rondzweefde, hoe zijn moeder zich over hem heen boog, de haren losgesprongen, haar gezicht met pareltjes bezet door de damp van het mosterdwater. Onveranderlijk jammerde hij wanneer hij in die badkuip met heet water moest stappen dat zijn voeten en billen brandde. Johanna hanteerde een therapeutische handschoen van touwvezels waarmee ze zijn rug masseerde om zijn huid te doen gloeien en zijn bloed heftiger te doen stromen. Haar woorden klonken als een litanie. Stromen, gloeien, ademen – dat was haar mantra. Gefascineerd keek Onno toe hoe haar huid aan de bovenkant van haar borsten langzaam rood kleurde en hoe het rood zich verspreidde over haar hals, hij vond het prettig dat ook zij rood werd net als hijzelf. Geleidelijk voelde hij de kitteling van de touwhandschoen verflauwen ten teken dat zijn moeder vermoeid werd. De mosterdwatersessie was ten einde.

De methode die werd aangewend om hem van bronchitis te genezen was aanzienlijk zachtzinniger, zelfs bijna aangenaam te noemen. Het begon ermee dat zijn borst en rug met eucalyptuszalf werden ingewreven, daaroverheen ging een natte lap en weer daaroverheen kwam een gelig stuk oliedoek dat geen water doorliet en het hele zaakje water- en luchtdicht afsloot, en ten slotte werden er zachte flanellen lappen omheen gewikkeld. En dan maar stoven in bed. Aan de prietsznitz, zoals deze verpakking werd genoemd, hield Onno geen kwalijke herinnering over, integendeel, hij vond de behandeling prettig. Hij hoefde niks, er werd niet langer met hem gehannest: opgerold lag hij in zijn warme bed, terug in de staat van zuigeling.

ARNOLD EN ZIJN STAMHOUDER

Nadat Johanna jarenlang haar ijdele hoop op de magische krachten van kruiderijen had gevestigd, eindeloos dennennaaldenafkooksel had laten verdampen en vermalen atropa belladonna op een metalen bakje had ver-

27

brand om heilzame rook voor de longblaasjes te verkrijgen, legde zij het hoofd in de schoot en wendde zich tot de meest recente medische uitvindingen om voor haar jongen verlichting te vinden.

Nieuws kwam uit Wiesbaden, waar een zekere dokter Stuypenhorst een astmapomp had uitgevonden die goede resultaten scheen te boeken en Onno's ouders talmden niet met het aanschaffen van dit nieuwe wondertoestel. Het apparaat vertoonde nog de meeste gelijkenis met een fietspomp. Met dit verschil dat er zich in het inwendige een reservoir bevond voor vloeibare medicijnen die via de luchtstroom door de pomp opgewekt, werden verneveld om ingeademd te kunnen worden.

Meestentijds was het Onno's vader die de pomp bediende. Hij plaatste het apparaat op tafel en zette zich daarachter in postuur terwijl Onno het mondstuk van de rubberslang in zijn mond nam. Je zag de slang flauwtjes kronkelen wanneer hij met vochtige lucht werd gevuld. Een enkele keer schoot hij los van de pomp en ontsnapte er een wolkje dat in minuscule druppeltjes neerdaalde op het tafelkleed.

Arnold pompte nauwgezet, zijn ogen gericht op de borstkas van zijn zoon om met hem in het gewenste ritme te blijven, want Onno moest na het inhaleren enkele seconden zijn adem inhouden om de geneeskrachtige damp zijn werk te laten doen. Zijn vader verordonneerde dat niemand de kamer binnen mocht komen zolang zij beiden bezig waren en Onno was hem daar dankbaar voor. Zijn vader praatte niet, dat vond hij plezierig.

Arnold bleek zeer bedreven met de pomp, getraind als hij was door het wekelijks oppompen van de banden van zijn Fongersfiets waarmee hij iedere dag naar het Gerechtshof aan de Prinsengracht reed. Zijn rustige slag gaf Onno vertrouwen. Soms dreven zijn gedachten af, werd hij wat licht in het hoofd en hoorde hij door het ritmisch pompen en het gesuis van de slang heen een verre auto toeteren en flitste een flard droom door hem heen. Inademend werd zijn hoofd weer helder en keek hij naar zijn vaders kalme gezicht, hij koesterde zich in die kalmte, de afwezigheid van emoties, zelfs het piepen van zijn ademhaling stoorde hem niet – dat werd eenvoudig een geluid tussen geluiden.

Aan de andere kant van de rubberslang, daardoor met hem verbonden, keek Arnold naar zijn zoon. En realiseerde zich dat dit tot de weinige momenten behoorde dat er een intimiteit tussen hen bestond zonder dat woorden bij hem geprikkeldheid opriepen en bij Onno uitdagend of agressief gedrag. Hij kon nog steeds niet begrijpen hoe die vervreemding was ontstaan en nu, zittend achter de pomp, meende hij dat die sterk overdreven kon zijn, dat een mens zich soms zinloze muizenissen in het hoofd haalt.

Hij zag hoe Onno's spichtige schouders omhoogkwamen en de haren tegen zijn voorhoofd begonnen te plakken terwijl een matte glans van opkomend zweet zich over zijn gezicht verspreidde. Zijn stamhouder.

Hij probeerde met een grapje de situatie wat op te vrolijken, maar de jongen reageerde niet. Arnold geneerde zich, beseffend hoe geforceerd zijn grap was geweest. Er viel niets te lachen, maakte Onno's gezicht hem duidelijk, hier werd gevochten om elk aasje lucht.

Onno werd geheel in beslag genomen door de cadans van in- en uitademen, net als vroeger bij Johanna's luchtbaden. In en uit. Zijn hele bestaan leek te berusten op dat vervloekte in en uit. Zijn schoolkameraden, andere jongens, alle mensen van de wereld ademden simpelweg zonder zich te hoeven bekommeren om in en uit, zonder tegen die beklemming te hoeven vechten die zich als een ijzeren vuist samenkneep rond zijn luchtpijp.

ONNO EN DE BRUINHEMDEN

Dat gepiep in zijn longen. Was dat een familiekwaal? Wie had hem daarmee opgezadeld, zijn grootvader? Of de zwakke holle reus, zijn oom, de broer van zijn moeder, met zijn hijgerige lach? En zijn moeder zelf was ook al zo'n kasplantje die vaak het bed hield vanwege onduidelijke kwalen. Hij moest zich daaruit zien vrij te worstelen, uit die verdoemelijke rij van slappelingen. Waarom moest uitgerekend hij gekoppeld zijn aan een onwillig scharminkelig lijf? Dat was zijn schuld niet. Hij was niet zwak en verachtelijk, binnenin hem zat iemand anders, sterk en slim met harde knuisten waarmee hij al die arrogante krachtpatsers op een dag klein zou krijgen. 'Hij heeft een slechte borst,' hoorde hij zijn moeder in de hoorn van de telefoon zeggen, of: 'hij kan niet naar dat partijtje, hij is pas ziek geweest,' of: 'ik ben gisteren met hem bij de dokter geweest en die zei...' Altijd bezig van alles door te brieven, soms praatte ze achter haar hand opdat hij het niet zou horen. Maar hij noteerde feilloos de klank van haar stem, de stembuiging die iets van sensatie in zich borg wanneer ze een sterk verhaal vertelde. Over zijn toestand natuurlijk.

En dan die zus van hem met haar stevige benen waarmee ze harder kon rennen dan hij, die hij gedoemd was altijd in zijn nabijheid te moeten dulden met die eeuwige bemoeizucht van haar. Zij zou hem wel helpen, zou hem wel verdedigen te vuur en te zwaard. Hoe kwam dat malle kind aan het idee dat hij haar nodig zou hebben? Hij kon haar missen als kiespijn. Op een dag toen ze samen uit school kwamen – die gebeurtenis zou in zijn geheugen gebrand blijven – begonnen een paar pestkoppen hem te jennen en te stompen. Hij stompte terug, maar voelde hoe zijn vuisten geen doel troffen, in een leegte sloegen daar waar een oogwenk tevoren nog zijn kwelgeesten hadden gestaan, hij hoorde hun schamper gelach, hij raakte uitgeput van het zinloos bewegen, kreeg ademnood. Op dat moment zag hij Vera op de jongens toe rennen, ze trapte, ze beet, een van de knapen pakte haar bij haar jurk, overmeesterde haar, maar zij bleef worstelen, zette haar tanden in zijn hand – kreng, riep de bruut op zijn hand zuigend, direct daarop was er weer een andere knaap die haar bij haar nek pakte, ze rukte zich los, een ondeelbaar ogenblik hield de jongen haar nog vast aan het kettinkje rond haar hals, dat brak en de kralen, bloedkoralen, sprongen naar alle kanten over de straatstenen. De kluwen van lijven week uiteen en zij stond daar alleen, met haar hand tegen haar keel gedrukt terwijl de kralen als druppels bloed tussen haar vingers vandaan vielen. Ze begon te huilen en over het trottoir te kruipen om de kralen bijeen te zoeken, kralen die nog van haar grootmoeder Van Hoffen waren geweest. Een kort ogenblik bleven de vechtjassen dommig naar dit tafereel staan kijken voor ze zich uit de voeten maakten.

Met opgetrokken schouders, amechtig hijgend, stond hij naar haar te kijken zonder ook maar een pink uit te steken. Dwars door zijn verbittering heen, vanwege de smadelijke vernedering hem aangedaan, hem door háár aangedaan – zijn zusje, een meid nota bene die zich had opgeworpen als zijn redder – stak een triomfantelijk vlammetje van leedvermaak de kop op bij het zien van haar gekruip over de keien met het gouden slotje aan een draadje nog bungelend in haar hand, die stomme trut. Even leek het erop of zijn vernedering door die van haar kon worden vereffend, alsof hij deze ene keer niet de verliezer was geweest maar zij gelijkspel hadden gespeeld. Toch bleef er een gevoel van onbehagen in hem achter. Hij vreesde het ogenblik dat zij zouden thuiskomen en Vera haar verslag zou doen over de bloedkoralen en natuurlijk haar heldhaftige gedrag.

Neerkijkend op haar gebogen rug en haar meisjesvingers die de kralen tussen de straatstenen probeerden uit te peuteren, zei hij: 'Denk erom dat je je mond houdt. Je bent gewaarschuwd. Als moeder iets merkt van die kralen zeg je maar dat je achter iets bent blijven haken.'

Zij zou hem niet verraden, wist hij, dat was een ongeschreven wet uit hun vroegste kinderjaren.

Na een ziekteperiode van zes weken naar aanleiding van roodvonk mocht hij zijn bed uit. De dokter stond echter niet toe dat hij al naar school ging. Hij moest dagelijks kleine wandelingen maken, iedere dag een stukje verder, aanvankelijk aan de arm van zijn moeder, maar met die vertoning wist hij al gauw korte metten te maken. Dus liep hij naast haar, zij haar stappen aanpassend aan de zijne. 'Adem de frisse lucht in,' zei ze en ademde zelf met gespeelde geestdrift om het goede voorbeeld te geven. Hij had echter geen zin in een dergelijke demonstratie en dus slofte hij verveeld voort, voortdurend bevreesd kameraden uit zijn klas te zullen tegenkomen die hem zouden zien met zijn móeder. Ziek zijn was al erg genoeg, maar dan was je tenminste weg, onzichtbaar, ziekte plukte je weg uit het dagelijks bestaan en dus viel er niks te lachen voor die gozers op school. Maar wandelen met je moeder, lamlendig voortschuifelend, dat was een andere zaak.

Zo liepen ze door bekende en toch vreemd geworden straten, na de koortsroes van zijn ziekte kwam alles hem platter voor, eendimensionaal, onnozeler, het leek of die eens zo opwindende stad hem niets meer te vertellen had. Of alles wat daarin gebeurde verleden tijd was, voorbij was, of hijzelf ook voorbij was, een vreemde afkomstig uit een onbekend land, een koortsland.

Gedurende zijn ziekte had zelfs het geringste een verhevigde betekenis gekregen: een gordijn dat bewoog op een vlaagje tocht leek hem seinen te geven van raadselachtige schepsels en gebeurtenissen waarvan de geluiden in een zonderling gedempt murmelen tot hem doordrongen. Om zijn koortsig brein rust te geven hield Johanna de gordijnen gesloten en dan lag hij te woelen tussen de vier muren in die schemerige cocon. Rust ging er van die schemer volstrekt niet uit, de meubels hadden de eigenaardige gewoonte bizarre vormen aan te nemen, de bloemen op het behang kwamen uit de muur naar hem toe met malicieuze gezichten en de dunne lichtstraal die zich door de kieren van de gordijnen naar binnen had weten te werken veranderde in een lange vinger die hem zocht, hem kwaad wilde doen. In paniek trok hij dan de dekens over zijn hoofd, terugduikend in de hitte van zijn koorts die hem meer vertrouwd was dan dat ellendige kamertje met die vinger van licht.

In de eindeloze nachten hoorde hij de kerkklok slaan. Hij beeldde zich in dat er in de stad geen sterveling meer leefde, dat de klok volstrekt alleen was en daarom zo klagelijk luidde, dat hij riep en riep in een oneindige glazen ruimte naar iemand die er niet was.

En dan schuifelde er opeens in een priemend licht iets de kamer binnen en begon hij prompt te gillen, meer uit woede dan van angst. 'Wat is er? Droom je?' klonk zijn moeders stem, 'heb je pijn?' En dan begon zij zich te beijveren zijn hoofd en polsen af te koelen met natte lappen.

Ondanks zijn ellende hield hij toch van de magische toets die de koorts aanbracht, niet alleen aan voorwerpen die hem omringden, maar bovenal aan de beelden binnen zijn hoofd. Beelden uit een eindeloze flakkerende film soms gelijkenis vertonend met abstracte schilderijen – dat waren de meest beangstigende, zwarte stippen bijvoorbeeld, stippen die dansten, in het begin tamelijk rustig maar vervolgens steeds turbulenter, friemelend als mieren, op en neer springend met een ijzeren onverklaarbare logica, steeds dichter opeen in steeds groteren getale, ze pakten hem in, ontnamen hem zijn lucht en hij hoorde een onherkenbare stem die uit hem brak: ik ga dóód. En dan was er Johanna, altijd Johanna in een witte verpleegstersjas. De schutsengel die hem te hulp schoot en tegelijkertijd over hem en over alles heerste. Buiten proporties groot en machtig kwam ze voor zijn bed staan, zijn leven hing aan haar, verbonden door een dunne draad. Keer op keer riep ze hem bij zijn naam, pogend hem uit zijn koortsvisioen te trekken, hem te doen ontwaken, met haar handen hield ze zijn hoofd vast om hem te dwingen haar in de ogen te kijken en hij keek daarin, niets ziend alsof hij blind was.

Andere hallucinaties waren minder angstaanjagend, zelfs op een eigenaardige manier opwindend. Er was die wonderlijke droom waarin stoeten mensen aan hem voorbijtrokken onder rode vlaggen die boven hun hoofden wapperden, het rood van de vlaggen werd vloeibaar en stroomde over de marcherende mensen heen waardoor alles van rood doordrenkt werd, en te midden daarvan krioelden zwarte krabben, monstrueuze gedrochten die naar alle kanten hun opengesperde scharen uitstaken. Maar de optocht marcheerde onverdroten verder, een dikke eindeloze rups voortbewegend op honderden zwarte laarzen...

Mogelijk was die droom voortgevloeid uit een herinnering die in Onno's geest was blijven hangen. Een herinnering die dateerde van een zomervakantie die hij met zijn familie in een landelijk plaatsje met de naam Ottenhöfen, in het Schwarzwald, had doorgebracht in 1933, het jaar van de beruchte Boekverbranding. Die Boekverbranding zei Onno niet veel, boeken voelen geen pijn en het verbranden daarvan leek hem sowieso een zinloze bezigheid.

In dat idyllische Ottenhöfen, in de tuin van het hotel waarin zij logeerden, werkte een innemende jongeman die Adolf heette. Dat 'Adolf' had voor Onno al wel een bekende klank en het verbaasde hem dat een gewone tuinman Adolf kon heten net zoals die andere beroemde Adolf waarover hij in de krant had gelezen. De Adolf van de tuin was erg aardig voor hem en zijn zusje, ze mochten helpen met het plukken van kruisbessen en aalbessen waarmee de struiken waren volgeladen, ze aten er net zoveel van als ze plukten en Adolf lachte om hun besmeurde monden en handen.

's Zondags werkte Adolf niet in de tuin. De kinderen misten hem en liepen verveeld met hun ouders door de dorpsstraten toen er opeens schetterende marsmuziek opklonk. Een optocht brak uit de nauwe mond van een straat het dorpsplein op waar kerkgangers, die zojuist de zondagsdienst hadden bijgewoond, in donkere dotjes bijeengeschoold stonden om de stoet voorbij te zien komen. En tot verbazing van zijn familieleden – en verrukking van Onno – liep aan de kop van de stoet met een enorm rood vaandel boven zijn hoofd: hun tuinman, hun Adolf, dat wil zeggen de gedaanteverwisseling van hun Adolf in de trotse geüniformeerde aanvoerder van de stoet, die het vaandel met het hakenkruis torste. En Adolf zag hem, Onno, staan aan de kant van de weg en lachte naar hem met zijn stralende heldenlach.

Zijn ouders – zoveel werd Onno duidelijk – waren niet gecharmeerd van Adolfs glorieuze metamorfose, Johanna trok de kinderen aan de hand achteruit alsof ze hen wilde beschermen voor de aanblik daarvan.

'Waarom?' had Onno geprikkeld gevraagd, 'waarom mogen wij niet blijven kijken?'

'Die lui zijn niet veel goeds van plan,' luidde het cryptisch commentaar van zijn vader.

Van zijn zakgeld kocht Onno in een dorpswinkel miniatuurmodellen van de door hem bewonderde 'bruinhemden', zoals ze genoemd werden. Drie stuks, een met het vaandel met het hakenkruis. Meer geld had hij niet.

JOHANNA'S DAGBOEK

1935. Onno's opvoeding vraagt veel wijsheid en geduld, dat laatste is het moeilijkste want daar ben ik niet erg bedreven in. Hij is snauwerig geworden, hij commandeert en vernedert het dienstmeisje – dat heeft hij in onze huiselijke kring niet geleerd. Ook wordt hij voortdurend geslotener, over school en zijn werkresultaten krijgen wij nooit iets te horen. Meestal zegt hij dat alles goed gaat. Wanneer dan zijn rapport komt, vallen de cijfers tegen. Ik spreek erover met het hoofd van de school en die begint hard te lachen: 'Hij heeft heel goed zijn cijfers kunnen berekenen, hij heeft heel wat proefwerken gehad die hem de weg wezen, dat zijn maar praatjes van onze vriend Onno.'

Onno is bepaald niet ijverig, bovendien is hij altijd optimistisch (of is dat gespeeld?) waar het zijn schoolwerk betreft. Ik moet hem steeds overhoren, vooral waar het Frans en Nederlands betreft. Regelmatig komt hij heel laat uit school zodat er vóór het eten moeilijk huiswerk gemaakt kan worden (waar hangt hij dan uit?). 's Maandags heeft hij altijd veel Frans, ik heb 's avonds een cursus en dus moeten wij 's middags aan de slag. Maar hij komt niet, heeft zogenaamd een club, roversclub van een zekere Robbie, een rijk verwend joch dat hem overheerst.

Iedere maatregel in verband met zijn gezondheid geeft ook grote moeilijkheden. Hij heeft een intense afschuw van alles wat maar een beetje buiten de gewone gang van zaken valt.

September 1935. De Abessijnse oorlog houdt hem intens bezig. Hij heeft een boekje over die oorlog samengesteld met notities, knipsels en zelfs eigen tekeningen van Haile Selassi, die kleine donkere man in zijn zwarte cape en met zoiets als een ronde pan op zijn hoofd. Blijkbaar speelt vooral de onrechtvaardigheid van die oorlog een grote rol voor hem, die ongelijke strijd tussen de gemoderniseerde Italiaanse troepen en de met primitieve wapens vechtende Ethiopiërs.

In de zomer van zijn twaalfde jaar, voordat hij naar de zevende klas zou gaan, werd hij opnieuw ernstig ziek, de dokter vreesde voor pleuritis of tbc. Ikzelf was fysiek volkomen uitgeput, hoogzwanger van Tristan.

Na Tristans geboorte kon hij zijn gevoel luchten, hij zei tegen mij: 'Jij hebt veel pijn geleden, maar nu ben je toch heel blij, hè...' Ik moest drie maanden in bed blijven, althans strenge rust houden. Onno is hevig geïnteresseerd in de baby. Hij zegt: 'Broer van mij.' Hij neemt zich voor om wanneer hij volwassen is en zelf geld verdient ervoor te zorgen dat Tristan padvinder kan worden. Op Vogelenzang heeft hij de wereld van de Jamboree leren kennen en die heeft grote indruk op hem gemaakt.

1937. In het eerste lyceumjaar gaat het vrij goed. Onno werkt zelfstandig, ik had geen gelegenheid zijn huiswerk te overhoren en wil dat ook liever niet.

Tristan wordt groter, Onno is niet meer zo van hem vervuld. Hij begrijpt niet dat Tristan nog maar een baby is, hij wil hem steeds laten springen bijvoorbeeld van een stoel, terwijl Tristan daar in de verste verte nog niet aan toe is. Ondanks veelvuldige waarschuwingen probeert hij het op een zondag toch, met als gevolg dat Tristan met een harde klap op zijn hoofd terechtkomt. Arnold en ik zijn verontwaardigd en sturen hem naar bed. Geen spoor van spijt of inzicht.

1938. In de tweede klas loopt het mis, zijn rapport met kerst is beneden peil. Wij laten hem bijlessen geven, drie keer per week na schooltijd. Hij is prikkelbaar en plagerig, wil nooit de cijfers van zijn proefwerken vertellen en heeft feitelijk maar één belangstelling en dat is de politiek. Hoe langer hoe minder kan hij tijd voor iets anders vinden, dat vinden wij bijzonder jammer. Hij moet de piano opgeven, wel doet hij nog aan hockey.

Hij blijft zitten, dat is geen ramp, maar hij ziet er beroerd uit en is zeer geïrriteerd, vooral tegen Vera die een bemoederende vertedering voor hem heeft. Arnolds zuster, die als directrice van het Thorbeckelyceum in Rotterdam veel ervaring heeft met jeugd, raadt ons aan hem eens een jaar naar buiten te sturen of op een internaat te doen, vooral met het oog op zijn gezondheid. Bovendien kan een nieuwe omgeving met andere jongens en leraren geen kwaad, want hier heeft hij toch geen vrienden en de leraren wekken in hoge mate zijn kritiek op. Wij denken over Zwitserland, vooral in verband met zijn astma. Maar de internationale hemel is bewolkt en ik vind het een te grote stap om mijn jongen uit huis te doen, dus besluiten we hem op hetzelfde lyceum te laten en hem te laten doubleren.

Het valt me steeds zwaarder om over Onno te schrijven want het lijkt of er een driedubbele prikkeldraadversperring om hem heen zit. Toen wij in de lente verhuisden naar dit ruime hoekhuis met zijn lichte kamers en uitzicht op het Vondelpark, was Onno ontstemd. In plaats van zijn oude kabinetje kreeg hij een grote kamer met erker, maar daarover heeft hij nooit met een woord gerept, integendeel, hij vond dat we in het vorige huis net zo goed zaten.

Nergens heeft hij waardering voor. Ik lijd daaronder, lig 's nachts dikwijls wakker vol zorg. Wat is er toch met dit kind, mijn eerstgeborene? Ik weet niet langs welke weg ik hem nader moet komen. Er is iets hards in hem, iets donkers soms. Zijn verhouding met Vera is steeds moeilijker geworden, zij mag niets tegen hem zeggen, zelfs geen grapje. Toch blijft Vera onverstoorbaar en verdedigt hem steeds in alles.

Voortdurend wordt hij eenzelviger, hij hecht zich aan niemand. Kwam er maar eens iemand in zijn leven, een vriend met wie hij een band zou krijgen, of een leraar die hem boeide en naar wie hij luisterde. Wanneer hij opgewonden is maakt hij soms van die rare onbehouwen bewegingen waarbij dan dingen worden gebroken zoals bloempotten en schemerlampen, maar in het algemeen is hij ouwelijk voor zijn leeftijd.

1940. In de huiselijke kring is hij weinig sociaal. Dikwijls gaat het buiten, in de vakantie, beter. Het schoolleven schijnt hem veel kwaad te doen.

Sedert de Duitsers Polen hebben bezet, is hij nog meer dan voorheen bezeten van politieke drijfveren en komt hij herhaaldelijk in aanvaring met zijn vader. Hij kan enorm emotioneel over Duitsland praten, terwijl hij voor de rest nergens emotioneel over doet. Hij windt zich op over de vernedering die de Duitsers is aangedaan, over het feit dat ze onrechtvaardig zijn behandeld door het Verdrag van Versailles – hij blijkt uitstekend op de hoogte – en er klinkt een hartstocht in zijn stem die daarin nooit te horen valt, voor niets. Hij voelt zich vaak verongelijkt, zijn wereldbeeld lijkt sterk bepaald door wrok en gevoel van eenzaamheid. Toch is hij het zelf die zich tot eenling maakt, op school en hier bij ons thuis. Daarover valt echter niet te praten. Het laatste restje ontzag voor zijn vader lijkt te zijn verdwenen. Arnold is nerveus door de politieke ontwikkelingen, de oorlogsdreiging, hij raakt sneller zijn beheersing kwijt en dan zie ik een superieur glimlachje op Onno's gezicht verschijnen.

Hij wordt steeds ontoegankelijker. Wil ik eens wat van hem gedaan krijgen dan moet ik erom soebatten, en dan doet hij het uiteindelijk op het moment en in het tempo dat hem convenieert. Er is bitter weinig dat hij nog met ons deelt, hij behoudt afstand, vermijdt het uitspreken van gevoelens. Soms ga ik tegen beter weten in 's avonds naar zijn kamer, strijk over zijn haar en vraag hoe zijn dag is geweest. Is er nu nooit eens iets te vertellen? Iets wat je bezighoudt of wat je dwarszit?

Wat zou er zijn? zegt hij, alles is gewoon.

Gewoon... Ik voel me machteloos, maar soms ook

een mal vrouwspersoon met mijn gevoelens. Met de dag word ik onzekerder tegenover hem. Mijn liefde stuit op een muur. Hij schijnt te vinden dat gevoel iets zinloos en gevaarlijks is. Hij ontwikkelt theorieën waar ik in stilte van huiver. Al die dingen als praten, zelfkritiek, voornemens om zijn gedrag te veranderen – al die dingen die een jong mens in zijn groei begeleiden, wijst hij af als verfoeilijke zaken.

OORLOG

Door de stad waarin de bomen stonden uit te botten met doorschijnend vlinderachtig blad en de Japanse kers en forsythia in uitbundige bloei waren uitgebarsten – het was mei, de bloeimaand – reed Onno op zijn fiets door de straten. De hemel stond strak en wolkeloos en al dat gebloei maakte de oorlog tot een onwerkelijk fantoom. Een enkele maal sneed de janktoon van het luchtalarm door de lentelucht, maar er viel geen bom, het luchtafweergeschut zweeg. Hij had het niet langer kunnen uithouden tussen de vier muren en was het huis ontvlucht om poolshoogte te gaan nemen van wat er waar kon zijn van de wilde geruchten die de ronde deden over parachutisten die zich als burgers vermomd zouden hebben en geheimzinnige krijtstrepen op trottoirs en gevels die als wegwijzers moesten dienen om hen naar het verzamelpunt te leiden. Over strooibiljetten die uit de lucht zouden komen vallen om de burgerbevolking op te roe-

43

pen ieder verzet te staken. Langzaam liet hij zijn trappers ronddraaien terwijl hij zijn ogen in alle richtingen liet dwalen om toch maar elk signaal van enige betekenis op te vangen. In hem woelde een verwachting, ongevormd maar allesoverheersend: nu zou deze kleine bekrompen wereld op zijn kop worden gezet en meegesleurd in de machtige maalstroom van de nieuwe tijd. De grote oorlog, dacht hij, breekt over onze grenzen. Dat overweldigende gebeuren dat op zoveel plaatsen in Europa om zich heen had gegrepen stond nu op het punt ook hier werkelijkheid te worden. Wat zou daarvan het gevolg zijn? Voor Holland? Voor hemzelf? Zijn voorstelling daarvan was diffuus, alles lag samengebald in de toekomst, een toekomst die op hem af kwam daveren...

Wit zonlicht stond loodrecht tussen de huizen waardoor er geen schaduwen vielen en hun façades van bordpapier leken, hier en daar zag hij een samenscholing, huisvrouwen sjouwden met zware tassen met kennelijk gehamsterde leeftocht om de duur van de belegering door te komen. Ergens schrobde een vrouw haar stoep. Befaamde Hollandse zindelijkheid die nog gehandhaafd werd terwijl er een oorlog was uitgebroken? Of diende dat geschrob om de verraderlijke krijtstrepen weg te poetsen? Hij wilde het niet vragen, bang zich belachelijk te maken.

Zeurderig piepte een tram door een bocht in de rails, een hond tilde zijn achterpoot op tegen een boom, mannen met een oude helm op hun kop en een witte band rond hun arm, kennelijk vrijwilligers, stonden zand te scheppen op het houten staketsel van een schuilkelder. Hij fietste langs zijn vroegere lagere school aan de Pieter Lastmankade, de rode geraniums stonden nog te vlammen in de vensterbank, maar er schalden geen kinderstemmen uit de ramen. Alle scholen waren tot nader orde gesloten. Hij reed door de wijk waarin hij zijn kinderjaren had doorgebracht: langs het Van Heutzmonument en het IJsclubterrein waar hij 's winters altijd ging schaatsen, door de Apollolaan waar zijn voormalige pianoleraar woonde; in het witte licht lagen de hem vertrouwde lanen er onwerkelijk bij alsof ze achtergebleven waren in een tijd die voorbij was.

Verder door de P.C. Hooftstraat naar het Leidseplein. Hier heerste meer agitatie en leek zijn stad op een mierenstad waarin de mieren doelloos heen en weer darden en wat strootjes verzamelden om zich tegen de invasie te wapenen. Over de rijweg kwam een troep soldaten aan marcheren in krijgsuitmonstering met kekke legermutsen op het hoofd en puttees rond de Hollandse kuiten. – Een operettevertoning, dacht hij smalend.

Toch hing er in weerwil van dit alles een zonderlinge gespannenheid in de stad, iets waar je niet je vinger op kon leggen, maar het was of haar tienduizenden bewoners als één lichaam de adem inhielden; zonder vliegtuigen die neerstortten, zonder vuur, legers of jammerende vluchtelingen – zonder ook maar iets van dien aard was het of de wiekslag van een fataal noodlot door het zonlicht vloog.

45

Toen hij van zijn speurtocht door de stad thuiskwam, bleek geen van zijn familieleden zijn afwezigheid ook maar te hebben opgemerkt. Geheel in beslag genomen door hun eigen dringende besognes liepen ze geagiteerd door kamers en gangen. Zijn vader bleek rusteloos bezig met telefoneren, gedempt pratend in de hoorn, iedere keer draaide hij weer een ander nummer, klaarblijkelijk onverrichter zake om vervolgens weer op te staan en in zijn bureau naar papieren te zoeken, zijn ogen waren rooddoorlopen – als gevolg van slapeloze nachten? Onno verbaasde zich erover hoezeer zijn vader in die korte spanne tijds was veranderd. Hij leek geslonken, zijn boord, het gesteven boord van de gezagdrager, zat hem te wijd, iets schichtigs was er in zijn bewegingen geslopen. Onno bezag het met dédain. Kijk eens aan, een paar dagen oorlog waren blijkbaar voldoende om het uiterlijk vertoon van gezag en waardigheid van die man af te pellen.

In de echtelijke slaapkamer was zijn moeder bezig in de lade van haar toilettafel haar juwelen bij elkaar te zoeken, een lege koffer stond gapend open op de lits-jumeaux, een vakantiekoffer. Wat kon dat voor vakantie zijn die zij aan het voorbereiden was?

'Wat is er aan de hand?' vroeg Onno aan zijn zus.

'Vader overlegt met zijn collega's over wat ons te doen staat.'

'Hoezo wat ons te doen staat?'

'Begrijp je dat dan niet? Of wij naar Engeland moeten gaan.'

'Wat hebben wij in Engeland te zoeken?'

'Zoeken? Niks. Maar als vader hier blijft kan hij worden gegijzeld of doodgeschoten. In Polen hebben ze alle regeringsambtenaren doodgeschoten.'

'Wat een onzin, allemaal lasterpraat...'

Hij onderschepte haar blik, een uitdagende blik met een vonkje hilariteit in de pupil. Zij scheen al die opwinding prachtig te vinden. Hij was nu langer dan zij – het laatste jaar was hij sterk gegroeid – zijn ogen werden haast zwart terwijl hij naar haar keek: 'Jij vindt dat zeker leuk. Naar Engeland gaan...? Geloof maar dat de Duitsers daar ook komen, in dat antieke Albion. Die lui daar hebben niks dan een paar aftandse kanonnen uit de Eerste Wereldoorlog.'

Hij was gaan zitten en had zijn voeten op de stoelsporten gezet zodat hij gekromd zat, hij wreef zijn neus als een hond: 'Stom schaap,' zei hij.

Vera blikte op hem neer en zag hoe zijn vingernagels tot op het bot waren weggeknauwd alsof een wrokkige honger hem zichzelf deed opvreten. Zij voelde zich van hem vervreemd, zelfs afkerig.

Vluchten naar Engeland? Hij zou er wel voor zorgen onvindbaar te zijn, misschien kon hij voorlopig bij zijn vriend Wim Bremer onderdak krijgen en dan samen met hem naar de Jeugdstorm, een kaderopleiding volgen...

In zijn verbeelding zag hij zijn familie met koffers zeulen over de kade van IJmuiden om een boot te zoeken, moeder met Tristan op de arm, zijn vader met die rooie

ogen, hypernerveus, de rand van zijn gleufhoed omhoog-
waaiend in de wind, iets wat hem er altijd zo lachwek-
kend deed uitzien, en Vera, de gedienstige Vera in hun
kielzog met alle mogelijke bepakking. En hij verdwenen,
onvindbaar. Vrij! Hij zou zijn eigen weg gaan, het was
of er een venster werd opengegooid met daarachter een
enorme ruimte waarin een windvlaag woei die een ver
heroïsch gezang met zich meevoerde dat een huivering
langs zijn ruggengraat joeg, en hij stapte die ruimte in,
bevrijd van alle ruzies, van de kritiek en betutteling. Hoe
het verhaal verder zou gaan was hem nog niet duidelijk,
maar hij besefte dat hij die ruimte in moest om bij zijn
bestemming te komen.

Vera daarentegen dagdroomde van een nachtelijke over-
tocht op een schip volgepakt met vluchtelingen midden
op een duistere zee vol vijandelijke onderzeeërs die als
haaien op hen loerden. Maar zij zouden ontkomen en
voet aan land zetten, zij zou Londen zien, de Big Ben,
de Tower, al die fabelachtige oude gebouwen die daar al
eeuwen oprezen boven de stad, en ze hoefde niet naar
school, want het was oorlog. Opeens zou ze volwassen
zijn, ze zou verpleegster worden of buschauffeur, want de
vrouwen in Great Britain moesten de taak van de mannen overnemen die weggeroepen waren naar het front.
  Zij wachtte, wachtte op het sein van vertrek, poogde
dit van haar moeders gezicht af te lezen nog voordat deze haar mond zou opendoen. Ze pakte de noodzakelijke
kleren in haar vakantierugzak en daarbovenop legde zij

haar dagboek waarin ze alles zou noteren over de oorlog en haar nieuwe leven.

Het sein van vertrek bleef echter uit. Zij hoorde haar ouders niet langer fluisteren in het echtelijke bed of dolen door het huis. De koffers werden leeggemaakt en teruggebracht naar zolder.

'Ik moet op mijn post blijven,' hoorde zij haar vader zeggen. Want ze was overal, ze was één groot oor waarin de woorden bleven rondsuizen. Er heerste stilstand. Zij had niets te doen, de school was dicht, de oorlog talmde. Ze voelde de sleur weer naderbij sluipen.

DE VLOEDGOLF

Hij stond op de Dam toen de vloedgolf binnenrolde waarin de Nieuwe Tijd zich aankondigde, de Nieuwe Orde, die Nederland zou herscheppen en de lauwe burgerlijkheid om zeep helpen. Terwijl hij op zijn fiets naar het centrum van de stad was gepeesd, had hij de legers horen binnenkomen door de parallelstraten, zingend en kreten slakend onder het aarzelend gejuich van omstanders. Het gezang werd luider, dwingend, hamerend. De stad werd een kinkhoorn in welks onzichtbare gangen het geluid rondgonsde. Tot onverhoeds een stilte viel waarin alleen de laarzen hoorbaar bleven. Duizenden laarzen stroomden de stad binnen. Daarboven glinsterden de bajonetten en helmen in de meizon.

Onno's hart bonsde in zijn keel bij het zien van deze

soldaten. Iets waarvan hij had gedroomd; een herboren Romeins legioen had vorm aangenomen, was realiteit geworden. Hij elleboogde zich naar voren tussen onwennige lijven van toeschouwers die kennelijk nog in onzekerheid verkeerden of zij dit historisch gebeuren zwijgend zouden aanzien of daarentegen moesten juichen. Maar hij kon zijn geestdrift niet langer beteugelen en stak zijn arm de lucht in met een onhandige Hitlergroet, terwijl er een schrille kreet aan zijn mond ontsnapte: bravo, bravo! alsof dit een sportdemonstratie was, maar iets beters had hij niet zo gauw tot zijn beschikking. Meer armen gingen nu de lucht in – mooi stram, zag hij, die moesten van NSB'ers zijn en er weerklonk houzee, houzee, met daardoorheen Sieg Heil-geroep.

Zijn blik zocht de gezichten onder de helmen, de blauwe ogen die zich op de verte richtten, de blonde haren en de kaken onder de gebruinde huid, mooie jonge kerels waren het, volstrekt niet lijkend op het beeld dat door rondcirkelende geruchten was opgeroepen: dat het beestmensen zouden zijn die walgelijke drinkgelagen zouden aanheffen en alle joden, kapitalisten en intellectuelen zouden uitmoorden, zoals men beweerde dat zij in Polen hadden gedaan. Waren zij dat, die beestachtige moordenaars? Deze jongens, die nog fris oogden na vijf dagen strijd? Allemaal geklets, dacht hij, bangmakerij van joodse en Engelse oorlogshitsers. Hij gaf zich over aan het gejuich, het hypnotiserend gedreun van de laarzen. Hij voelde de cadans in elke vezel van zijn lichaam, zijn keel werd hees... Het leek of hij in een vitaliserend bad werd gedompeld. Hier trok een zegevierend legioen voorbij, gedisciplineerd alsof alle soldaten functioneerden als de ledematen van één lichaam.

Om zich heen zag hij steeds meer monden opengaan, de omstanders hadden hun reserve van zich afgeworpen en zich overgegeven aan euforisch gejubel en hij juichte mee in een gevoel van bevrijding, van één zijn met gelijkgestemden, niet langer alleen, verlost van zijn heimelijk bestaan van boeken lezen in nachtelijke uren, tastend naar de betekenis en de vorm waarin de nieuwe denkbeelden zich aan hem openbaarden. Altijd weer optornend tegen de vijandige wind die uit de hoek van de andersdenkenden waaide, zozeer zelfs dat de politieke denkbeelden en drijfveren die hij zich eigen trachtte te maken, zich bij tijd en wijle tegen hem keerden en waanvoorstellingen leken of, zoals zijn vader hem toevoegde: allemaal aberraties. Even stak dwars door zijn gelukzaligheid de bittere angel van zijn wrok de kop op vanwege dat woord aberraties, vanwege het cynisme en de weinig serieuze manier waarop zijn vader op zijn argumenten placht in te gaan. Nu krijg je je aberraties thuis gepresenteerd, dacht hij met leedvermaak, met al je gezwets over de moorddadigheid van de Duitsers. Ik wou dat je dit leger kon zien, maar nee, daarvoor ben je te laf en te verstard.

Hij rook de geur die de voorbijmarcherende lichamen uitwasemden, een mengeling van zweet, laarzenvet, van manlijkheid. Van strijd. De kracht van dat leger straalde op hem af en hij voelde tot diep in zijn ingewanden dat de herinnering daaraan nooit, tot in lengte van dagen nooit kon worden uitgewist.

Ten slotte liep het Damplein leeg en zag hij de staart van de colonne verdwijnen naar het Damrak richting Centraal Station. Ook de omstanders die de overwinnaars hadden toegejuicht, verdwenen tussen de huizen. Een enkeling was nog achtergebleven, zoals kiezelstenen en vissen achterblijven als de overstroming is weggeëbd. Het leek of hij in de zon had gekeken en zijn ogen verblind waren, zo banaal en grijs zag alles en iedereen eruit. Hij hoorde hoe er een paar stonden te schelden op de koningin die de benen had genomen naar Engeland. Zelfs het woord 'koningin' kwam hem achterhaald voor, iets uit zijn kinderjaren toen hij, op aandringen van zijn moeder, met een vlaggetje had staan zwaaien wanneer dat mens voorbijkwam.

PROCLAMATIE

WAT WILLEN DE DUITSCHERS HIER?

WIJ ZIJN GEKOMEN OM DE OORLOG TE BEËINDIGEN EN DE VREDE VAN EUROPA VOORGOED TE VERZEKEREN.
DAAROM ZIJN WIJ NIET JULLIE VIJANDEN! WIJ WENSCHEN SLECHTS EEN GOEDE VRIENDSCHAP VAN TWEE OUDE BUREN.

WAAROM LATEN JULLIE JE DOOR DE ENGEL-
SCHEN MISBRUIKEN?
HEBBEN ZIJ OOK NIET TOEZEGGINGEN
GEDAAN AAN DE POLEN, FINNEN EN NOREN?
WEEST VERSTANDIG ZOALS DE DENEN EN
BEHOUDT EEN KOEL HOOFD! DUITSCHLAND IS
NIET TE VERSLAAN.
VERWOEST NIET JULLIE MOOI LAND DOOR
DOELLOZEN WEERSTAND TE BIEDEN. SLECHTS
DE ENGELSCHEN HEBBEN DAARVAN VOOR-
DEEL, INDIEN JULLIE LAND VERNIELD IS.
EEN VERWOEST LAND BETEEKENT ARMOE-
DE EN WERKLOOSHEID VOOR JULLIE EN ONS.
WIJ WILLEN DE LANGVERWACHTE BESLISSEN-
DE VREDE IN EUROPA. WIJ MOETEN ELKAAR
DAAROM STEUNEN OM DE OPBOUW VAN EEN
NIEUW EUROPA TE BEREIKEN.
DE ENGELSCHEN EN JODEN DIE SEDERT
EEUWEN DE WERELD BEHEERSCHEN HEBBEN
ONS ALLEMAAL AAN DE AFGROND VAN EEN
NIEUWE INEENSTORTING GEBRACHT.
DAT MOET NU VOORGOED VOORBIJ ZIJN!

VERA

Er gebeurde iets met de tijd. Hij verstreek niet langer
gelijkmatig of ergerlijk traag zoals toen je een kind was
en wenste dat de zomer aanbrak of in de winter dat de

53

schoolbel zou gaan zodat je kon gaan schaatsenrijden. De tijd was voller geworden, opgezwollen door alle gebeurtenissen, hij ging sneller en trager tegelijk. Sneller vanwege alle opwindende voorvallen en opeenvolgende maatregelen van de bezetter. In flarden kwamen die bij je binnen: *Bekanntmachung* dit en *Bekanntmachung* dat, *Warnung* hier en *Warnung* daar, maatregel en tegenmaatregel. Niets was voorspelbaar. Trager ging de tijd omdat je hoopte dat de bezetting zou verdwijnen en alle beperkingen zouden worden opgeheven, dat we weer vrij zouden zijn. Dat verlangen maakte dat de uren grijs waren en moeizaam verliepen.

Alles was aan verandering onderhevig, dus ook het woord. Niet langer was het woord het geijkte betrouwbare woord waarmee wij, kinderen uit een net burgerlijk gezin waren opgegroeid, het kon van betekenis veranderen, kon achter zijn bekende vorm een verraderlijke inhoud verbergen – iets wat nooit in je hersens was opgekomen, althans niet in de mijne, maar ik was dan ook een naïef kind. Het bleek dat woorden je om de tuin konden leiden, sluw en leugenachtig konden zijn. De woorden van de vijand konden een verkapt gevaar of dreiging inhouden, weer andere konden een ophitsende hoedanigheid krijgen en een felle oproep doen aan je innerlijke zelf – je kon er niet meer van alles uitflappen, je moest zelfs je eigen woorden met omzichtigheid omkleden. Slechts fluisterend mocht je iets zeggen van wat je op Radio Oranje had gehoord, want daarmee kon je jezelf en anderen in gevaar brengen. Dat hield een nieuwe les in leven in.

Het keurige paadje dat wij hadden bewandeld met zijn scherpe markeringslijn tussen goed en kwaad, tussen eerlijkheid en leugen, dat rechte pad werd ineens een kronkelpad door een warrig bos. Moord kon een heldendaad betekenen en het lidmaatschap van een politieke partij verraad aan je eigen volk. Dat heldere patroon van vroegere richtlijnen: zo en zo moest je leven, was uiteengereten. Hoe kon je de nieuwe wereld lijmen aan de oude?

Ook kwamen er gloednieuwe intrigerende woorden ons bestaan binnen. Dat was al begonnen op de lagere school toen er op zekere dag tweelingzusjes in onze klas verschenen die een taal spraken die wij niet konden verstaan. Lotte en Line heetten ze. Lotte was dik en had vlechten, Line was dun en roodharig, beiden bezaten porseleinblauwe ogen. Die waren uit Duitsland gevlucht, werd er gefluisterd, vanwege de Kristallnacht. Nacht van kristal. Daarbij kreeg ik een visioen van glinsterende ijskristallen waarin kaarslicht duizendvoudig werd weerkaatst. Was het daar in Duitsland zo ijzig koud geweest dat ze hadden moeten vluchten? Naderhand begreep ik dat *kristalnacht* een beladen woord moest zijn met een klank van rampspoed. Niettemin viel er aan Lotte en Line geen zweem van rampspoed te bespeuren, het waren vrolijke en goeddoorvoede meisjes; en wat dat onheil inhield waarvoor ze waren gevlucht, daarvan bleven wij vooralsnog onwetend.

Anderzijds waren er medeleerlingen die van de ene op de andere dag uit onze klas verdwenen. Edith van Straaten, een meisje dat naast mij in de bank zat, een wat tobberig kind, klein van stuk en met een dikke bril op haar neus, vertelde mij dat ze niet meer op school zou komen omdat ze met haar ouders naar Amerika ging vertrekken. Het verbaasde me dat zo'n weinig opwindend meisje naar het opwindende Amerika vertrok. Ik was jaloers. Er werd in de klas geen afscheid van haar genomen, ze verdween geruisloos. Daarna verdwenen er meer.

In de jaren die volgden ging het woord *jood* een rol spelen. Ik wist niet wat dat betekende, ik had nooit beseft dat er enig verschil bestond tussen mij en sommige klasgenootjes waarmee ik dagelijks omging. Joden, vertelde mijn moeder, waren mensen die van Abraham afstamden en die een ander, veel ouder geloof dan het christendom aanhingen. Daar liet ze het bij.

Antisemiet, Nationaal-Socialisme, discriminatie, rassenhaat, nieuwe begrippen tuimelden ons leven binnen. Anderhalf jaar nadat we door de Duitsers waren bezet, ging het woord *Polen* een prominente rol spelen, de naam van dat onbekende land dat in de vorm van een uitgelopen oliebol in onze atlas stond afgebeeld. Een aantal van onze voormalige klasgenoten zou daarheen moeten vertrekken om in kampen te werk gesteld te worden. In paniek stapten enkele van mijn joodse vriendinnetjes overhaast in het huwelijksbootje, de meeste niet ouder dan vijftien, zestien jaar, omdat er volgens de autoriteiten vrijstelling voor gehuwde jongelieden geregeld kon worden. Ik woonde verscheidene joodse bruiloften mee, die ondanks de omstandigheden toch nog met een bepaalde glamour en joodse rituelen werden gevierd.

Het duurde maar kort dat ze zich veilig konden wanen. De volgende stap van de Duitsers hield in dat alle jonge joodse vrouwen en meisjes gesteriliseerd moesten worden. *Sterilisatie* – weer zo'n woord. Dat had een koude metalige klank. Ik vroeg aan mijn vriendin Katinka wat dat woord sterilisatie betekende en wat er dan met haar zou gebeuren. Gegeneerd keek ze voor zich uit, ze wist het niet precies, ze giechelde, ze had gehoord dat ze iets deden met een lichtstraal op je buik – zij wees op dat lichaamsdeel onder haar meisjesjurk – en dat er daarbinnen dan iets verschrompelde.

PERSBERICHT

VOLK EN VADERLAND 23 JUNI 1941
DE JONGSTE MAATREGEL TEN AANZIEN VAN DE JODEN DIE IN HET BEZETTE NEDERLANDSCHE GEBIED HUIZEN EN WELKE EROP NEERKOMT DAT HET HUN VERBODEN IS TE VERTOEVEN IN BADPLAATSEN EN ZWEMINRICHTINGEN, ZAL ONGETWIJFELD VOOR SOMMIGE LIEDEN AANLEIDING VORMEN TOT HET MAKEN VAN HUILERIG MISBAAR.
WANNEER IN DE NU GEKOMEN ZOMER HET NEDERLANDSCHE STRANDLEVEN ZAL BLIJVEN VERSCHOOND VAN HET JODENGESPUIS EN ON-

ZE NOORDZEE NIET MEER ZAL DIENEN TER
AFSPOELING VAN JODENVLEESCH, WANNEER
DIENTENGEVOLGE ELKE VOLKSGENOOT WEER
MET ONVERDEELD GENOEGEN EEN DAG AAN
ZEE ZAL KUNNEN ZIJN OMDAT HET SCHUNNIG
OPTREDEN VAN DE JODEN ZIJN ONTSPANNING
NIET LANGER ZAL BEDERVEN, WANNEER ON-
ZE HEERLIJKE GERMAANSCHE NATUUR ZAL
WORDEN BEVEILIGD VOOR DE ZEDELOOSHEID
EN DE VERNIELZUCHT VAN IN DE WOESTIJN
BEHORENDE LIEDEN, DAN ZAL ALRAS HET
OGENBLIK NADEREN DAT ELKE FATSOENLIJ-
KE NEDERLANDER ZAL BEGRIJPEN EN INZIEN
WAAROM HET NOODZAKELIJK WAS TOT DEZE
MAATREGELEN OVER TE GAAN.

EEN FAMILIE AAN DE KOFFIETAFEL

Vader aan het hoofdeinde, Johanna naast Tristan in zijn
kinderstoel en aan de andere kant van de tafel Onno
en Vera. Johanna probeerde de schijn op te houden, de
schijn van een hecht en warm gezin, voortdurend trachtte ze het gesprek in goede banen te leiden door hier en
daar een vraag te stellen: hoe was het op school? Is er nog
nieuws op het parket, Arnold? Er vielen monosyllabische
antwoorden, de tafelgenoten leken optimaal in hun boterham verdiept. Plotseling zei Vera alsof er iets in haar
explodeerde: 'Katinka moet van school, ze moeten allemaal van school.'

'Dat lag in de lijn der verwachtingen,' zei haar vader somber, zonder zijn dochter aan te kijken.

Ineengedoken zat Vera boven haar brood dat zij tussen haar vingers verkruimelde. 'Misschien kunnen zij les krijgen, zei de directrice, van de joodse leraren die nu toch geen werk meer hebben.'

Een lawine van gebeurtenissen, verordeningen, meningen, berichten van de bezetters, de illegale fluistercampagne van de overkant van de zee – dat alles was als een wals over hen heen gerold. Voor ieder van hen had de oorlog een ander gezicht en ieder van hen pakte uit dat hele pakket van informatie datgene wat hem of haar het meest trof in zijn gevoelens of zijn bestaan. Vera zou 's nachts huilen om haar beste vriendin, aanvankelijk omdat zij van school werd verwijderd, nadien omdat zij was gedeporteerd. Voor Arnold was dit slechts één bericht in het hele doemscenario dat zich in zijn hoofd ontplooide. Johanna probeerde het bericht in te kapselen, vooralsnog onschadelijk te maken met het oogmerk haar gezin te beschermen en aan haar kinderen zolang mogelijk een veilige plek te bieden, waar zij konden opgroeien zonder al te ernstige kleerscheuren. Onno, besefte zij, was op weg haar te ontglippen naar een andere wereld, maar Vera en Tristan wilde zij nog onder haar vleugels houden en een positief wereldbeeld voorschotelen. Haar huis vertegenwoordigde uiteenlopende reacties op de oorlog en het politieke gebeuren, alles resoneerde er, wervelde de gangen door, via het trappenhuis naar boven om zich te verspreiden naar ieders kamer om daar een eigen gestalte aan te nemen: de oorlog als dreigend fantoom voor de één, als heldenepos voor de ander. Een oorlog die bij elk van hen een ander schokeffect teweegbracht, alleen de kleine Tristan was een blank sneeuwveldje waarin de oorlog nog geen voetprent had gedrukt.

Arnold, die methodisch had zitten kauwen, onderwijl met zijn vingers op tafel trommelend, rechtte opeens zijn rug alsof zijn gedachten terugkeerden uit een ver domein vol gerechtelijke problemen en vestigde zijn ogen op zijn zoon alsof hij deze voor het eerst zag: 'Waar ben je gisteren de hele middag geweest?' vroeg hij out of the blue. Quasi verbaasd, zoals hij dat zo onnavolgbaar wist te doen, trok Onno zijn wenkbrauwen omhoog met een dédain dat die beweging zo kwetsend maakte.

'Gewoon, bij een vriend.'

'Zeker weer bij die Wim Bremer, bij die NSB-mensen.'

Die opmerking viel als een lont in het kruitvat. Nijdig begon Onno tegenwerpingen te maken. Hoe hij daarbij kwam dat dat NSB'ers waren? Het waren prima mensen, hij voelde zich daar op zijn gemak en stel dat ze wel NSB-ers waren, wat dan nog? Waren ze dan beter of slechter dan al die slappelingen die geen kleur durfden te bekennen, die in hun schulp kropen om hun hachje te redden?

'En de mensen van het verzet dan?' wierp Vera tegen. 'Durf je te beweren dat dat ook slappelingen zijn?'

'Misschien geen slappelingen. Maar mensen die verkeerd zijn geïnformeerd, die zich laten opjutten door Radio Oranje, lui die de weg kwijt zijn.'

Onno praatte schamper maar met opgekropte drift. In

zijn mondhoeken verschenen spuugbelletjes, zag Johanna, die wit schuim vormden als een minuscule vulkanische uitbarsting. Hoe en wanneer die vulkaan in zijn binnenste was ontstaan daar kon ze slechts naar gissen.

Arnold sloeg met zijn vuist op tafel. Of hij soms doof en blind was? beet hij zijn zoon toe. Of hij niet kon zien waar de Duitsers op uit waren?

'Waar ze op uit zijn?' kaatste Onno terug. 'Ze zijn er op uit de macht te breken van de kapitalistische joden en van de Engelsen die ons al eeuwenlang overheerst hebben, ze zijn er op uit ons te bevrijden.'

De ruzie plantte zich voort als een schokgolf: Arnold stond op en gaf zijn zoon een draai om de oren, Vera riep dat hij maar eens moest denken aan het bombardement van Rotterdam – heette dat soms ook bevrijding? Onno rees overeind om haar een stomp te verkopen (mogelijk voor zijn vader bedoeld) en Vera timmerde terug.

'Jullie begrijpen er niks van, stommelingen,' zei Onno hees. 'De Duitsers zijn onze enige kans op redding van het oprukkende bolsjewisme. Jullie zouden maar eens een jaar of wat onder de knoet van de bolsjewieken moeten zitten, dan zouden jullie wel anders piepen!'

Tristan, vier jaar, zat in zijn rode Hindelooper kinderstoel waarin ook Onno en Vera hadden gezeten toen zij klein waren. Op zijn hoge zitplaats leek hij altijd een kleine koning. Daar zat hij, omringd door al die reuzen, zijn vader, zijn moeder, zijn tienerbroer en -zus. Om hem heen was de taal een onbegrijpelijke agressieve brij geworden, iets waartegen zijn kinderwoorden niets konden uitrichten, begrippen die hij kon hanteren schenen te worden verzwolgen door een onbegrijpelijk gekrakeel dat luider en luider werd. Hij gooide zijn melkbeker om in een machteloos aandachttrekkend gezwaai van zijn armpjes, hij zag de monden opengaan en geluiden uitbraken die weer een tegenaanval uitlokten. Nerveus dweilde Johanna de gemorste melk op, zette Tristan hardhandig rechtop in zijn kinderstoel, schonk opnieuw zijn beker vol en hield die aan zijn mond: drinken. Hij knelde zijn lippen opeen en duwde zijn moeders hand met zo'n kracht van zich weg dat er opnieuw melk over de beker golfde: 'Nee.' Dat woord tuimelde over zijn lippen en toen dat eerste nee eruit was gebarsten, uit zijn opgekropte hoofd, toen rolden de nee, nee, neeën er in hoog tempo uit, terwijl zijn ronde krullenkop van links naar rechts werd geworpen met zo'n vaart dat het leek of zijn kindernek zou breken.

'Jullie denken ook nooit eens om het kind,' riep Johanna en legde een hand tegen Tristans voorhoofd, maar hij worstelde zich onder die hand vandaan, zonder ophouden schreeuwend: nee... nééé...!

Er viel een ongemakkelijke stilte, waarin alleen het gezaag van het broodmes hoorbaar was waarmee zijn vader brood sneed. De ene boterham na de andere viel op de plank, het kind keek er gebiologeerd naar.

'Voor wie snij je al die boterhammen?' vroeg Johanna geprikkeld.

Arnold legde het broodmes neer, schoof zijn stoel achteruit en verliet de kamer met een harde klap van de deur.

Ook Tristans grote broer liep weg van de eettafel: 'Ik ga naar school.'

Zijn moeder en zus bleven zitten te midden van het kruimelig slagveld van de koffietafel. Het kind bonkte met zijn vuistje op zijn morsblad, van zijn stuk gebracht nu het kabaal plotseling was verstomd. Had híj dat teweeggebracht?

Gezien het resultaat begon hij zijn nieuw ontdekte methode vaker aan te wenden. Iedere keer wanneer het kabaal van een heftige woordenstrijd hem dreigde te overspoelen, deed hij zijn mond open om een gillend nee nee nééé over de eettafel te doen snerpen, het effect daarvan nog verhogend door heftig geschud van zijn kinderhoofd. Toch had dit gedrag nooit meer zo'n imposante stilte tot gevolg als die eerste keer. Soms zelfs lachte zijn grote broer en noemde hem: de neenee-kop. Nog jaren nadien werd hij, wanneer hij zich driftig maakte, de neenee-kop genoemd.

DE VOGEL KRIJGT NIEUWE VEREN

Onno: Vandaag moet ik gebogen zitten boven een stoombad om mijn bronchitis te bestrijden. Mijn moeder gooit druppels Kamillosan in het kokende water, die mijn longen lucht moeten geven en mijn poriën openbreken. Alle onreinheid moet uit je lichaam, zegt ze. Ik walg van alle zorg, want er zit bedrog in. Zij wíl dat ik ziek ben, want dan ben ik van háár denkt ze, dan kan ik geen kant op, kan ik niet weg van huis. Ze wíl dat ik bronchitis heb of astma, want dan kan ze me blijven beschermen, vertroetelen alsof ik nog steeds een baby ben.

Met een badhanddoek over mijn hoofd zit ik in een inademingscel. Zweet loopt langs mijn hals, een bundeltje slapte ben ik, maar wacht maar tot ik mij eruit werk. Goed dat ze mijn gezicht niet kan zien. Vannacht heb ik een boek over Gabriele d'Annunzio gelezen. Die man had lef! Die brak met het oude Italië en trok een uniform aan. Hij dichtte: De vogel krijgt nieuwe veren... Dat is precies wat ik ook voel. Dit is de laatste keer dat ik onder die ellendige zweetdoek zit, want er groeit iets in me: de vogel met nieuwe veren. D'Annunzio sliep met die beroemde actrice – hoe heet ze ook al weer...? Eleonora Duse. Hij gebruikte haar, richtte haar af naar zijn wensen. In het boek staat een foto van Duse, aan haar ogen zie je dat ze hem verafgoodt... Op een dag wil ik naar Italië, als het Rijk gezuiverd is van lafaards en verraders, dan wil ik naar de plek waar hij gewoond heeft. Zijn huis moet een eenvoudig boerenhuis zijn geweest, hij was boer onder de boeren, maar tegelijkertijd ook politicus, vliegenier en dichter. Een eigen leger vormde hij en veroverde daarmee de stad Fiume.

Ik zie mezelf al in de tram naar het Centraal Station rijden om een trein te pakken, kan me niet schelen waarheen, in mijn uniform, een soldaat, een strijder voor het Groot-Duitse Rijk, een strijder voor recht en orde. Dan is mijn moeder haar eigendom kwijt – zij zal nog verbaasd staan te kijken.

Ik ben misselijk, zeker door die pap die ik van haar op moest eten. Ik voelde haar hand op mijn arm: Je moet eten Onno, je moet weer sterk worden... Dat gelamenteer van haar irriteert me, dat demonstratief gezucht alsof het míjn schuld is dat ze het moeilijk heeft. Ze maakt het moeilijk voor zichzelf, ze máákt moeilijkheden, daar houdt ze van.

Ik heb me voorgenomen onverwachts te vertrekken, ik moet ze niet de tijd geven tegenwerpingen te maken. Het heeft geen zin verklaringen af te leggen. Die eindeloze discussies ben ik beu, dat oeverloos geklets, dat zinloos uitmeten van schuld, schuld die ik al draag of schuld die ik nog op me zal laden.

Zijn die tien minuten nog niet om? Ik doop mijn vingers in het water, dat is lauw, er komt geen damp meer vanaf, druppels vallen in de porseleinen kom. Met de handdoek tegen mijn gezicht gedrukt, wrijf ik mijn huid droog. 'Ben je klaar?' hoor ik Johanna's stem. Ik geef geen antwoord. Even ben ik er niet, ben ik ver weg... Ik zou net zo trots willen zijn als zij, de nationaalsocialisten. Altijd met opgeheven hoofd in de nieuwe toekomst geloven. Die vrienden van moeder, die antroposofen, die hebben toch geen trots, die zijn nog erger dan het Leger des Heils. Moet daaruit onze geestelijke leiding voortkomen? Laat me niet lachen!

Ik laat de handdoek van mijn vochtige rode gezicht zakken, open mijn ogen. En daar is het weer: het burgerlijke leven dat voortdraait als een roestige machine.

Op een middag die grijs was van alledaagsheid, vroeg mijn moeder mij, omdat het dienstmeisje met griep te bed lag, haar te helpen met het verschonen van het beddengoed. Alle vuile lakens, slopen en handdoeken moesten worden geteld en op de waslijst ingevuld alvorens in een witte zak te worden gestopt die de wasman op zijn tweewekelijkse rondgang zou komen ophalen. En op die onbeduidende grijze middag waarop ik vrijwel gedachteloos de lakens van de bedden trok, overkwam me iets dat mijn adem deed stokken.

Omdat het onderlaken klaarblijkelijk aan het staalmatras zat vastgehaakt, tilde ik het hoofdeinde van Onno's matras een eindje op om het los te maken en zag toen op het naakte staalmatras een boek liggen. Donkerblauwe kaft met binnen een ring op de voorkant het hakenkruis en de titel: MEIN KAMPF. Het boek, de bijbel van de nazi's! Met de naam van Adolf Hitler in goudopdruk daaronder. De naam van de stem die wij soms door onze krakende illegale radio hoorden, de galmende stem die doem en onheil voorspelde, de stem die over Europa jaagde tot in het verre Rusland om volkeren te onderwerpen.

Omdat ik mijn nieuwsgierigheid niet kon bedwingen, sloeg ik het boek open en ontdekte dat de inhoud in oud-Duitse gotische letters was gedrukt – de letters van de vijand, dacht ik, tekens van een geheime orde. Daar lag het: de bron waaruit mijn broer in nachtelijke uren de giftige woorden tot zich nam. Verborgen onder zijn matras en hoofdkussen, alsof het door die twee lagen heen zijn kille hypnotische kracht kon uitstralen zelfs terwijl hij sliep. Ik stond met dat boek in mijn hand, in een flits overwegend wat ermee te doen: het onder mijn trui stoppen en later op de kolenzolder verbergen? Of in het water van de Schinkel gooien die achter de Amstelveenseweg stroomde om dat smerige boek voorgoed te laten verdwijnen? Of zou ik proberen het te lezen om te ontdekken hoe die hele nachtmerrie die Europa in zijn ijzeren greep had, was ontstaan, had kúnnen ontstaan... Hoe het kwam dat zoveel mensen waren meegestroomd in die duistere maalstroom. Maar mijn oren gespitst als die van een haas vingen het geluid op van Johanna's voetstappen door de gang. IJlings legde ik het boek weer op zijn plaats en liet het matras er bovenop vallen.

Dagen later toen ik vroeger dan Onno uit school was gekomen sloop ik terug zijn kamer in. Tilde het matras op. Niets. Het leek of ik nooit een boek op het staalmatras had gezien, ik haastte me naar het voeteneinde en zocht ook daar onder het matras. Had Onno met overgevoelige sensoren bespeurd dat andere handen dan de zijne het boek hadden gehanteerd? Was het boek door mijn toedoen zichtbaar van positie veranderd? Was het schuiner komen te liggen of enkele centimeters dichter bij de muur? Ik keek de kamer rond, wierp een schielijke blik in zijn klerenkast, rommelde tussen zijn ondergoed, zijn schoenen. Geen spoor van het boek. Onno was altijd een heimelijke persoon geweest, een meester in het verbergen.

Uit een oud loyaliteitsgevoel tegenover Onno, dat nog altijd werkzaam was gebleven ondanks de vervreemding tussen ons, vertelde ik niets aan onze ouders. Waarom die loyaliteit tegenover een broer wiens denkbeelden ik grondig verafschuwde? Kon ik die draad, die laatste draad die ons nog verbond niet verbreken? Mijn loyaliteit tegenover het andere kind, de bijna tweelingbroer uit mijn vroegste jeugd? Stamde dat gevoel nog uit de tijd dat wij geheimen hadden gedeeld – hoe onnozel kinderlijk dan ook, waaraan wij evenwel groot belang hechtten omdat wij er onze kinderfantasie mee voedden – uit de tijd dat wij in onze stapelbedden sliepen in het kleine huis in de Saxen Weimarlaan?

Ik zweeg. En zo begon de leugen, iedere dag die volgde was de voortzetting van die leugen. Ik zweeg en tegelijkertijd loog ik. Ik had een gezicht en twee tongen.

Ik veranderde. Mijn argeloosheid was weggevaagd. Op school begon het gerucht door te siepelen dat mijn broer er nazi-sympathieën op nahield. Iemand had hem gezien toen hij tussen NSB'ers op het Olympiaplein naar een toespraak van Mussert stond te luisteren. Ik ontkende glashard. Tot mijn verbazing bleek ik daarin bedreven te zijn. Onbegrijpelijk zo gemakkelijk als de smoezen uit mijn mond vielen. Dat moet een ander zijn geweest, zei ik, iemand die op hem leek. En wanneer ze met stelligheid beweerden dat hij een NSB'er was dan antwoordde ik, niet geheel bezijden de waarheid, dat hij eigenaardig was en er soms rare ideeën op nahield maar geen lid was van de NSB.

Vanaf het moment echter dat Onno zich bij de Jeugdstorm had aangesloten, veranderde de situatie en was het niet langer mogelijk te ontkennen dat hij in uniform rondliep. Langzaam groeide mijn isolement, herhaaldelijk was het me of ik in een leegte tastte en mijn vriendinnen van voorheen een stap terugdeden zodra ik ze wilde benaderen. Door die achterdocht jegens mij werd mijn spontaniteit aangetast en ontstond er een stroefheid van weerskanten. Mijn beste vriendin, die een ondergedoken joodse vriend had en die mogelijk zelf koerierster was (hoewel ik daar geen bewijs voor had), nam mij nooit meer in vertrouwen. Alle intimiteit tussen ons vervluchtigde. Ik was verdacht. Aan de zuster van een Jeugdstormer vertrouwde je geen geheimen toe.

Ook de verwijdering tussen mij en Onno verkreeg zijn definitieve, en ik vrees duurzame vorm. We waren twee aanwezigheden die niet langer iets met elkaar hadden uit te staan; een soort van ijskoude mist was er tussen ons ontstaan waardoor we elkaar niet duidelijk meer zagen of wilden zien. Als elkaar negeren, doodzwijgen, een mist kan verwekken dan was dit in ons geval de werkelijkheid.

ONNO

Hij was achttien jaar oud en enkele weken verwijderd van zijn eindexamen, toen hij op een avond zijn vaders studeervertrek binnenstapte (iets wat hij zelden deed) en zijn besluit aankondigde: 'Ik heb me opgegeven als lid van de Jeugdstorm. Binnenkort ga ik hier weg. Ik wil niet langer verstoppertje spelen en genoodzaakt worden me in allerlei kronkels te wringen.'

Een ogenblik keek Arnold hem sprakeloos aan: 'Ben je bij de Jeugdstorm gegaan? Ben je gek geworden? Wil je mijn goede naam te grabbel gooien?'

'Ja, dat is het eerste waar jij aan denkt, je goede naam! Echt iets voor jou, de burgerman die geen visie heeft op de toekomst, die braaf achter zijn bureau blijft zitten pennenlikken, veilig, veilig. Vooral geen risico nemen, vooral je positie en je centen veiligstellen. Heb je nooit aan mij gedacht? Dat ik hier altijd komedie moet spelen, er altijd het zwijgen toe moet doen bij jullie domme beweringen? Geïndoctrineerd als jullie zijn door al die onheilsprofeten, door het gebazel van Radio Oranje. Ik wil open kaart spelen: ik ben een nationaalsocialist, prent dat goed in je hoofd, een volbloed nationaalsocialist.'

Zijn vader verbleekte onder die woorden.

'Dat je sympathiseerde wisten we al, je moeder en ik, al jaren. God weet wie je heeft vergiftigd, je denkbeelden heeft vergiftigd... Heb je die opgedaan bij die NSB'er Wim Bremer?'

'Waarom moet ik iets hebben opgedaan?' antwoordde Onno smalend. 'Waarom zou ik niet mijn eigen mening hebben kunnen vormen? Al jaren heb ik me verdiept in de politiek, ik heb alle mogelijke boeken gelezen, ik las *Mein Kampf*... Wil je me eens vertellen wat jíj over Hitler weet? Ik heb alles over de periode gelezen waarin het nationaalsocialisme zich ontwikkelde en als je dan ziet uit wat voor chaos Duitsland zich omhoog heeft geworsteld. Je moet wel het genie van Hitler hebben om het zo ver te kunnen schoppen wanneer je uit een dergelijke puinhoop komt. Jullie begrijpen niets van de Duitse discipline en doelstellingen. Rangen en standen zijn er niet, het komt erop aan geestelijk en fysiek in conditie te zijn. Ik heb me daar altijd toe aangetrokken gevoeld. Je doet nu of het huis instort, maar mijn besluit kan helemaal geen verrassing voor je zijn.'

Met een bruusk gebaar schoof Arnold zijn bureaustoel achteruit en stond op om zijn zoon recht in het gezicht te kijken. 'Dat je zo ver gaat, zo ver bent gegaan... mij te schande maakt... en jezelf, je eigen toekomst vergooit. Ik heb altijd gedacht dat op een dag je ogen wel open zouden gaan bij alles wat er om ons heen gebeurt. Maar nee, je wilt in zo'n apenpakje rondlopen. Als je maar weet dat wanneer je hier ooit...' hij balde zijn handen tot vuisten, 'hier ooit in zo'n pak een voet over de drempel zet, ik je de deur uit ransel.'

'Mijn God, Arnold, kalmeer,' riep Johanna die op het rumoer van de verhitte woordenstrijd was binnengekomen. 'Je moet zijn woorden niet zo letterlijk nemen. Hij heeft kennelijk geen idee waar de nationaalsocialisten op uit zijn.'

'Laat me niet lachen,' zei Onno op verbitterde toon, 'dat ik hier nog altijd gezien word als een kind, het ziekelijk jochie. Heb je geen ogen in je hoofd?' Hij stevende op haar af, borst vooruit, rug recht, hij trilde van woede.

'Goed zo!' riep zijn vader, 'ik zie dat je al iets geleerd hebt van de s s.'

Zijn hand vloog omhoog of hij zijn zoon wilde slaan.

'Als je me durft aan te raken!' hoonde Onno.

'Wat hebben de moffen hier gebracht, over heel Europa gebracht? Rampen en bloed. Onschuldige mensen worden vermoord, kinderen, de joden...'

'Altijd dat gejammer over de joden. Maar hebben jouw hooggeëerde collega's niet net zo goed een hekel aan de joden? Want die zijn lastig, die pikken de beste baantjes in. Ik heb het gisteren nog in *De Stormvlag* gelezen: onze banen worden ingenomen, niet door hun talent of wilskracht, nee, gewoon door het geld dat ze gestolen hebben. Van ons. Door hun louche praktijken. Voor geld verkopen ze hun ziel en zaligheid. Zou jij willen leven onder het bewind van die ongrijpbare joden? Het zijn geen rasechte mensen. Ze behoren tot een mislukt ras, een minras.'

'Dat je zo stom bent geloof te hechten aan die belabberde *Stormvlag*,' riep zijn vader terwijl zijn hoofd steeds roder werd, 'zo stom dat je al dat onzindelijke gepraat over raszuiverheid voor zoete koek opeet. Ik had gedacht dat je intelligenter zou zijn...'

'In stomheid doen jullie niet voor mij onder,' jouwde Onno terwijl spuugbelletjes van zijn lippen vlogen, 'jullie geloven al die onzin die Radio Oranje en de illegale blaadjes verkondigen. Dat de joden worden vermoord in concentratiekampen, wat beweren ze niet allemaal? Dat ze vergast worden met duizenden tegelijk, allemaal spookverhalen om jullie op te hitsen.'

'Wat denk je anders dat ze met die mensen doen die ze in veewagens wegvoeren? Ze op vakantie sturen?'

'Die joden worden enkel naar het oosten gestuurd om daar hun handen uit de mouwen te steken. Dat zal ze geen kwaad doen, krijgen ze tenminste spieren in die slappe lijven van ze.'

'Hoe kun je zoiets zeggen!' riep Johanna. 'Mijn beste vriendin Rose, waar jij als kind dol op was, weggevoerd naar Theresiënstadt, met haar hele familie!'

'Theresiënstadt is een kamp voor elitejoden, die worden daar in de watten gelegd. Jullie roepen nu wel ach en wee over het wegvoeren van de joden. Maar hebben jullie ook maar een pink uitgestoken om dat te voorkomen? Zijn jullie niet medeschuldig daaraan? Door jullie lafhartige houding, door de rekbaarheid van jullie principes? Ik bedoel jou, vader, en al die anderen, de burgemeesters, de secretarissen-generaal en al die hoge Pieten, jouw collega's... Wat hebben jullie voor de joden gedaan? Niks, nihil... Heb jij in juli 1940 niet een ariërverklaring ondertekend? Uit angst? Jullie hebben de Duitsers daarmee een dienst bewezen. Jij hebt je zogenaamde eer verkwanseld, vader, tegen het genot van een salaris, en vooral in de hoop dat ze je met rust zouden laten. En mij durf je iets te verwijten? Door je lafheid heb je medewerking verleend aan de maatregelen van de bezetter. Wil je mij dan iets verwijten, die dat uit idealisme doet? Uit vrije keuze?'

'Vrije keuze? Dat verbeeld je je maar. Jij bent gewoon

73

geïndoctrineerd. Je hebt je oren laten volgieten met de leuzen van de nazi's, holle leuzen. Ik heb nooit kunnen denken dat je daarvoor open zou staan, dat alles van waarde wat je moeder en ik je hebben bijgebracht, uit je hoofd is weggeblazen. Jij bent verdwaald, verstrikt in die misselijke onzin... Denk je er wel eens aan hoeveel verdriet jij je moeder doet? Over mezelf wil ik het niet hebben, maar voor je moeder heb je misschien nog een greintje gevoel.'

'Maar voor zo'n greintje, zoals jij het uitdrukt, kan ik toch mijn idealen niet verloochenen? Kan ik toch het levensdoel zoals me dat voor ogen staat, niet in de plomp gooien? Alleen om jou en moeder ter wille te zijn?'

'Weet je wel in wat voor omgeving jij terechtkomt? Die NSB'ers zijn voor het merendeel mislukkelingen die nu hun kans grijpen. Ben jij er ook zo een? Denk goed na. Zijn die idealen van jou soms gebaseerd op minderwaardigheidsgevoelens, op je eigen gekwetste ego?'

'Let op je woorden, Arnold,' bracht Johanna uit. 'In godsnaam hou op. Hij is nog jong en onervaren.'

'In jullie ogen ben ik blijkbaar een soort debiel,' sneerde Onno. 'Ik vraag me af wie hier de debielen zijn. Ik eis het recht op mijn eigen leven te leven zoals ik dat wens. Dit is alles wat ik nog te zeggen heb.'

De hele stroom van woorden, van woelige gedachten en emoties, viel stil. Er bevonden zich drie lichamen in het vertrek, lichamen waartussen zich een distantie ontwikkelde die zich meer en meer uitbreidde. Arnold draaide zijn zoon de rug toe en ging voor het raam naar buiten staan kijken waar hij overigens niks zag. Johanna was op de bureaustoel neergezonken met haar tengere handen om de leuningen geklemd. Handen die Onno zo goed kende en waarvan de blauwe aderen hem van jongs af afkeer hadden ingeboezemd. Nu ben jij met beide benen op de grond gekomen, dacht hij, het is uit met je illusies en al die zweverigheden van je.

Hij pakte de deurknop beet en zei plotseling met heldere stem: 'Dit is de waarheid. Zoals ik hier sta ben ik mijn eigen waarheid. Ik stuur jullie bericht als ik naar het Oostfront vertrek.'

Hij deed de deur open en verdween geruisloos.

Johanna voelde zich verdoofd – hoewel ze zich die gemoedstoestand, die leegte meende te herinneren uit de voorbije tijd, de tijd die vooraf was gegaan aan het definitieve. Dit was het definitieve. Ze kon het niet beredeneren, maar het was als een hamerslag: éénmaal, andermaal, derde maal, mijn kind heeft zijn ziel verkocht... Haar ogen bleven droog, inwendig was ze droog als de woestijn. Dit besluit van Onno had ze toch altijd al ergens in haar onderbewustzijn verwacht, dit was toch niet nieuw? Maar de hamerslag, die was nieuw. Die ontzenuwde al hun redenaties, tegenwerpingen, argumenten, dreigementen, die kon je nu eenvoudig afschrijven, op de vuilnisbelt gooien... Een andere tijd trad in werking.

Hij liep door het geharnaste Den Haag, een stad van leegte en prikkeldraad. Voor het eerst droeg hij zijn Jeugdstormuniform dat hij voor een zacht prijsje van zijn voormalige schoolvriend Wim Bremer had overgenomen, de muts van zwart astrakan dekte zijn hoofd. Door dat uniform had zijn metamorfose zich voltooid, met koppelriem en laarzen aan je benen ben je een ander persoon. Hij hoorde hoe zijn hakken op de straatstenen klakten – de muziek van de overwinnaar. Naar dit ogenblik had hij toegeleefd, voor het eerst viel hij samen met het ideaalbeeld dat hij van zichzelf had gevormd en dat van jongs af embryonaal in hem aanwezig was geweest. Nu was dat werkelijkheid geworden. Ik neem deel aan de grote waanzinnige verandering van de wereld, dacht hij.

Hij wilde wel dat zijn vroegere klasgenoten hem zouden kunnen zien zoals hij hier liep, onkwetsbaar voor hoon en spot. Hij zou strak naar ze kijken, ze doorboren met zijn koude blik. Nu zouden ze hem geen scheldwoorden naar het hoofd durven slingeren, geen 'verrader', geen 'rotzak'. Hij had ze niet langer nodig, hij had andere vrienden, gelijkgezinde vrienden, vrienden met macht. Ze hadden hem veracht en gemeden, maar nu mochten ze hem mijden, de stomkoppen, de onverschilligen die geen notie hadden van de kiemende nieuwe wereld, die alles bij het oude wilden laten, terugkruipend als bange honden in hun hondenhok om van daaruit te blaffen, machteloos te blaffen. Hij balde zijn vuist: ha, hij had zich bevrijd van het astmatische schooljongetje, als een slang had hij zijn oude huid afgeworpen en wie hier nu liep was een andere persoon, een strijdbare persoon. Om hem heen tintelde de stad van ongewone gewaarwordingen en unieke uitdagingen. Laat maar komen, dacht hij, laat het maar losbarsten.

Zo liep hij in zijn nieuwe uitmonstering door Schützpunkt Scheveningen, tussen drakentanden door, langs tankgrachten die met diepe kerven de stad in fragmenten sneden en grijze bunkers die hem deden denken aan rijen aaneengeschakelde olifanten met wat spaarzame beharing van grashalmen op hun kop. Op een aantal waren nep-ramen geschilderd om de vijand in de waan te brengen dat hier vissershuizen zouden staan. Naïef, vond hij, alsof dit alles kinderspel zou moeten voorstellen. En overal staken puntige betonblokken hun kop uit de grond met hun drakentanden dreigend gericht naar zee, paraat om alles te vermorzelen wat daar vandaan mocht komen.

Van veel leegstaande huizen in Duindorp waren de ramen dichtgetimmerd, hier begon een geblindeerde stad. De straatstenen waren uit de straten gehaald om voor nieuwe wegen en bunkerbouw te dienen. Hij liep door het mulle zand te ploeteren en ergerde zich dat dit omhoogstof tegen zijn uniform en glanzend gepoetste laarzen. Opeens verschenen er als een folkloristisch prentje twee Scheveningse vrouwen in klederdracht binnen zijn gezichtsveld met fris geboende blote armen en hagelwitte geplooide mutsen – op die twee had de oorlog blijkbaar geen vat. Hun blikken schampten hem, noteerden zijn uniform, wendden zich af. Goed zo, kijk maar weg, dacht hij en rechtte zijn rug nog fierder.

Tussen de verlaten woningen waren gaten gevallen als in een oud gebit, puin en rotzooi van de bombardementen lagen opgehoopt tegen de muren. Hij kwam voorbij een gehalveerd huis waarin je naar binnen kon kijken alsof het een poppenhuis was, er stonden stoelen en een scheefgezakte crapaud bestoven door steengruis, maar nog altijd met de armleuningen uitnodigend gespreid: welkom in de kleine hel van Schützpunkt Scheveningen. Wie had daarin gezeten en zijn krantje gelezen toen het leven er nog zonnig had uitgezien? Op de hoogste verdieping balanceerden ledikanten boven een gapende afgrond, ledikanten waarin de bewoners seks hadden bedreven, hun laatste adem uitgeblazen, kinderen gebaard – zonderling grotesk met geblakerde matrassen en het staal verwrongen door de hitte, een pispot was naar beneden getuimeld, het zwarte vlies van de pis er nog in. Het huis stond daar als een doormidden gekliefd lichaam schaamteloos zijn intimiteiten te vertonen.

Dit was een andere stad dan die waarmee hij vertrouwd was geweest: een gehavende, maar ook een gevaarlijke stad, een frontstad. Hij rilde van opwinding. Deze stad hoorde bij hem, bij zijn nieuwe staat van zijn. Er leken champagnebelletjes in zijn aderen omhoog te stijgen. Adrenaline. Gevaar geeft dat effect, dan leef je op de top van je vermogens, van je leven...

In zijn eentje liep hij door het verlaten Sperrgebiet. De wachtpost had hem doorgelaten nadat hij hem zijn identiteitspapieren van het Oost Instituut had laten zien. Voor hem uit liepen Duitse soldaten met handgranaten bungelend aan hun koppelriem, in de verte kon hij de masten ontwaren van de Belvédère waar de commandant van de Schnellboote zetelde.

Hij wil naar zee. Hij kent de weg, maakt een omweg om te kijken of de Rudolf Steinerkliniek nog overeind staat, waar hij vroeger aan de hand van Johanna naar binnenging om euritmie-oefeningen te doen in een koepelvormige azuurblauwe zaal. Hij ziet zichzelf staan op zijn spillebenen, starend naar een frêle dame die bewegingen demonstreerde. Hij kreeg de opdracht met gestrekt been een cirkel te trekken op de vloer om vervolgens met zijn grote teen een punt te zetten in het middelpunt daarvan. Daarbij moest hij luid en duidelijk: ik zeggen, ík, ík, omdat hij volgens de antroposofische arts van zijn moeder onvoldoende in zijn lichaam zou zijn geïncarneerd. Zijn ik, zijn ziel, moest worden aangeroepen om zich hechter met zijn lichaam te verbinden.

Hij grinnikte toen hij die goeie ouwe Steinerkliniek – nog geheel intact – voor zich zag opdoemen met zijn curieuze scheef geconstrueerde muren en ramen, geheel volgens de denkbeelden van Rudolf Steiner. Ik val nu samen met het punt in de cirkel, zegt hij tegen het beeld van de kleine jongen met de spillebenen: ik ben er helemaal, ík.

Met geamuseerde vertedering moet hij terugdenken

aan Johanna die hij klein en deemoedig op een bankje in
de Blauwe Zaal ziet zitten – zo'n vleugje tederheid kan
hij zich wel veroorloven nu hij onbereikbaar is geworden
voor haar bemoeienis. Ik ben nu eenmaal geboren met
een drang naar vrijheid, naar protest tegen een wereld
met vastgeroeste structuren. Bijtijds is hij ontsnapt uit die
cocon van kleinburgerlijkheid, uit dat huis waarin de papieren rechter, de gehoorzame ambtenaar, nog altijd achter zijn bureau zit.

Naarmate hij het strand nadert wordt de stad opener, een
met obstakels overdekte woestenij. Het strand van zijn
kinderjaren heeft een volstrekt ander aanzicht gekregen.
Het meest nog lijkt het op de uitgerolde huid van een gi-
gantisch stekelvarken, zo dicht is het over de volle breedte
bezaaid met duizenden zwart geteerde palen die in het
zand staan verankerd. De Atlantikwall, de onoverwinlijke Atlantikwall!
    En achter hem, vanuit de in het duin verzonken bun-
kers steken de luchtdoelkanonnen hun loodblauwe lopen
de lucht in om vijandelijke toestellen als kleiduiven uit de
lucht te halen. Ze zijn gedecoreerd met witte ringen, iedere ring een ereteken dat aangeeft hoeveel Engelse jagers ze hebben geëlimineerd.
    De zee golft flauw, er staat weinig wind, pareltjes zilt
vocht hechten zich aan zijn huid terwijl hij zijn weg zoekt
tussen de versperringen door om bij de vloedlijn te komen. Achttien is hij. Met die laarzen aan zijn voeten die
in het natte zand zinken alsof hij wortel gaat schieten,

daar aan de Zuid-Hollandse kust, aan de zee die zich uitstrekt tussen hem en de vijand aan de overzij. De vijand van de Nieuwe Wereld.

In zijn kindertijd was het strand nog smetteloos en versierd met schelpen en zeesterren die hij verzamelde in zijn emmer, kleine witte voeten had hij en een schepje niet groter dan zijn hand. Nu is hij volgroeid, volwassen en ook het strand is niet hetzelfde, het heeft zijn onschuld verloren, het is grimmig geworden. Het zal geen voetafdruk van de vijand dulden.

Er is iets binnen zijn blikveld verschenen. Onder zijn beschuttende hand knijpt hij zijn ogen tot spleetjes – ogen als van een arend, had de schoolarts gezegd bij het jaarlijkse oogonderzoek, een uitspraak die Johanna, meer dan hem lief was, onder haar vriendinnen had rondgebazuind. Had hij die nog, die arendsogen? Aan de horizon tekenen zich langgerekte vormen af, een fractie donkerder dan de zeedamp. Minutenlang staat hij, zijn ogen vastgehecht aan het verschijnsel, onbeweeglijk te turen tot de vormen zich geleidelijk losmaken uit de nevels en er schepen ontstaan, verscheidene schepen, een konvooi, ja, een konvooi moet het zijn: koopvaardijschepen geëscorteerd door Duitse kruisers. Over het glasachtige oppervlak van de zee, in de onbeweeglijke lucht glijden ze voort, zelfbewust hun koers vervolgend: de belichaming van de nabije zegepraal.

Hij voelt zijn hart tegen zijn uniformbloes bonzen, hij zwelgt gelukzalige teugen lucht naar binnen, steekt zijn arm omhoog, een groet, een eerbetoon, hij schreeuwt, een schreeuw die verloren gaat in het gebulder van de branding.

OP WEG NAAR EEN NIEUWE TOEKOMST

Hij had onderdak gevonden in een pension in de Louise de Colignylaan in Den Haag. Hij had een baan. Een opleiding bij de Waffen ss had er voor hem niet ingezeten omdat hij werd afgekeurd, iets wat hij al had voorzien. Die 'slechte borst' van hem, zoals zijn moeder zijn kwaal steevast had bestempeld, bleef hem achtervolgen, ontnam hem zijn strijdbaarheid, zijn eer. Nee, niet zijn eer, dat zouden die ongelovige lui nog wel ondervinden wanneer hij eenmaal was opgeklommen en zich een belangrijke positie had verworven, mogelijk in Duitsland of anders in Rusland, slim was hij genoeg. Nu stond hij op de onderste sport van de ladder, maar het mocht dan een onderste sport zijn, de ladder was er een naar een glansrijke toekomst...

Ieder mens moet zijn eigen defensiesysteem opbouwen en hij had er een opgebouwd dat niet stuk was te krijgen. Had hij niet de eerste steen voor dat fundament in zijn ziel gelegd toen hij nog maar een kind was? Was hij niet op alle mogelijke fronten vernederd? Nog ervoer hij de hete schaamte wanneer hij eraan terugdacht hoe hij nog in de maand april in zijn plusfour moest rondlopen – want de wind is guur in april, beweerde Johanna. Zijn klasgenoten die al wekenlang hun korte broek droegen, kwamen hem achterna om met een stok in zijn opbollende plusfour te prikken – loop jij nog altijd in die drollenvanger van je? sarden ze proestend van het lachen.

Nu was er geen moeder meer die hem kon achtervolgen met een gehate trui of winterjas, of met biologisch dynamisch voedsel uit de reformhuiswinkel waar zij bij zwoer. Wat eet jij daar voor raar brood? hadden zijn kwelgeesten met suspecte belangstelling geïnformeerd. En voor hij het kon beletten, hadden ze een stuk van zijn Loverendalebrood uit zijn hand gegrist en in hun mond gepropt om dat terstond onder luid misbaar weer uit te spugen. Zíj aten tenminste fatsoenlijke witte boterhammen met chocopasta, worst of pindakaas – hoewel dat plezier hun allang vergald moest zijn, dacht hij met leedvermaak, sedert ze klef zemelbrood moesten eten. Voor hem maakte het allemaal niks uit, voor zijn part at hij koeienstront.

Zijn nieuwe vriend Godefroy was het geweest die hem van de stompzinnige Arbeitseinsatz had gered door hem aan een baantje als derde secretaris bij het Ned. Oost Instituut en gelijktijdig aan een ausweis te helpen. In deze werkkring zou hij een zinvolle bijdrage kunnen leveren aan de expansieplannen van het Groot Germaanse Rijk. Voordien had hij nooit van dit instituut gehoord, maar Godefroy legde hem uit dat dit als secretariaat dienstdeed voor de Ned. Oost Compagnie die bloedzuivere Nederlandse boeren naar Litouwen en de Oekraïne transporteerde met het oog op het stichten van Germaanse koloniën. Het instituut had tot taak boeren te selecteren en wegwijs te maken, Russische les te geven en hun vertrek te organiseren.

In stilte koesterde Onno de hoop snel te kunnen op-klimmen tot eerste secretaris – dat 'derde' beviel hem niet – beter nog tot Godefroy's rechterhand. Onder het kan-toorpersoneel – dat had hij al snel door – zag hij weinig concurrentie en hij werd in zijn oordeel bevestigd door-dat Godefroy hem dikwijls raadpleegde – die had natuur-lijk in de gaten hoe erudiet en belezen hij, Onno, was. Van meet af aan was hij geïmponeerd geweest, niet al-leen door Godefroy's gestalte (hij moest een jaar of tien ouder zijn dan hijzelf) maar evenzeer door zijn open en intelligent gezicht en zelfs door de manier waarop zijn haar was geknipt. Niemand kon ontkennen dat Godefroy er, vooral in uniform, verdraaid knap uitzag. Bovendien waren zijn werkzaamheden hoogst interessant. Zo was hij onlangs op dienstreis naar Duitsland geweest, waar hij lezingen moest geven en zich op de hoogte had gesteld van de algemene stemming onder de bevolking. Direct na terugkomst nodigde hij zijn jeugdige geestverwant uit voor een etentje bij Nieuw China waar die week kip zon-der bon was te krijgen, een buitenkansje. Terwijl hij wor-stelde om het schriele kippenkarkas van zijn vlees te ont-doen zette Onno zijn oren wijd open om toch maar niets van het nieuws uit Duitsland te missen. Er heerste daar volstrekt geen depressieve stemming, zei Godefroy, inte-gendeel, onder de bevolking overheerste een rotsvast ver-trouwen in de eindoverwinning. Van een reactie op de verliezen in Rusland of de capitulatie van Italië was weinig of niets te merken. Godefroy was zeer onder de indruk. De mensen verdeden hun tijd niet met jammeren en klagen of oeverloze discussies over de politiek, nee, er werd gewerkt, keihard gewerkt. Dat is de juiste instelling, dacht Onno, ik zal ook werken, keihard werken.

Van het ogenblik af dat hij bij het Oost Instituut over de drempel was gestapt en zijn nieuwe loopbaan een aanvang nam, had hij zich aan zijn collega's voorgesteld met zijn kersverse naam Lodewijk. Zo hij al een ander wilde worden, iemand die opgenomen zou zijn in de machtige stroom van de geschiedenis, iemand die daarin een rol zou vervullen, dan moest hij zijn verleden van zich afschudden: zijn ontstaansgeschiedenis, zijn afkomst, zijn astma, zelfs de naam die zijn ouders hem hadden gegeven.

Lodewijk. Dat had een krachtige klank. Koningen hadden Lodewijk geheten, Lodewijk de Veertiende, Lodewijk de Vijftiende, ook Napoleon Bonapartes broer heette Lodewijk. De naam Onno had hem klein gehouden, Lodewijk maakte hem tot een persoon waarmee men rekening diende te houden. Toch zou hij niettegenstaande zijn naamsverandering verbonden blijven met zijn oorsprong, want Lodewijk was de tweede naam geweest van zijn grootvader Van Hoffen, de kerstman-grootvader met het sneeuwwitte haar.

In zijn koud huurkamertje bij het schamele licht van een leeslamp tuurt hij op de raadselachtige cyrillische letters van het Russisch schrift. Wekelijks volgt hij de lessen die in de *Pionier* staan, het weekblad voor Nederlanders in het oosten. Dit keer is de eerste vervoeging van de werkwoorden 'gaan' en 'doen' aan de beurt. Hij tracht de vervoeging van 'doen' in zijn hoofd te stampen: ja déla-joe, ti déla-jesch, on déla-jet, mi déla-jem, wi déla-jeté, oni déla-joet... ik doe, jij doet, hij doet etc.

Voor het geval hij naar de Oekraïne gaat heeft hij Russisch nodig, maar die verdomde grammatica blijkt lastiger dan hij heeft verwacht. Toch moeten ook de Oostboeren die amper een lagere school hebben afgemaakt, een cursus Russisch volgen en wat die weinig snuggere koppen kunnen, moet voor hem toch een peulenschil zijn...?

Achter de weerspannige woorden die hij zich eigen moet maken, ziet hij onmetelijke graanvelden opdoemen waarvan de aren buigen in de wind. Tsjechov, denkt hij, het verhaal De Steppe. Het is of hij de eindeloze ruimte al in zijn botten voelt, de eindeloze tijd, de geur van grassen, vogels die langs de wolken drijven... Blonde boeren, blonde Germanen zullen aan de Wolga wonen. Moeder Wolga en Vader Rijn zullen zich verenigen, heeft Hitler voorspeld.

Zijn hoofd zakt op zijn armen boven op zijn schrift met ja déla-joe, ti déla-jesch, on déla-jet... hij ziet een gestalte (hijzelf?) te paard over de steppe galopperen. Ik kan maar beter vast beginnen met leren paardrijden. Maar de maneges zijn dicht, de paarden allemaal gerekwireerd door de Wehrmacht... ja déla-joe, ti déla-jesch... Wat zou paard in het Russisch zijn? Dat moet ik straks even opzoeken in het woordenboek. Misschien ben ik binnenkort in staat *Oorlog en Vrede* van Tolstoi in het origineel te lezen, dat hebben ze hier vast wel in de Russische bibliotheek. Maar eerst die cyrillische letters onder de knie krijgen. Zouden de bolsjewieken nog altijd diezelfde antieke lettertekens gebruiken, zouden die nog op scholen onderwezen worden? Zonderling hoe die barbaren in hun steppen, zo ver van de beschaafde wereld, een dergelijk gecompliceerd schrift hebben ontwikkeld. Een diepe zucht ontsnapt zijn lijf, hij hoort zichzelf snurken, denkt: ik moet mijn thema afmaken, maar de cyrillische lettertekens krioelen door elkaar en daar komt dat paard weer tevoorschijn – waarom droom ik steeds van paarden? Dit keer is het een kreupele klepper met bizar kromme poten, het danst mee met de letters, zelf een cyrillisch letterteken...

Door hinderlijke kramp in zijn nek schrikt hij wakker en terwijl hij tot zichzelf komt schiet de gedachte door hem heen: goede paarden, dat is wat we daar nodig hebben, Friese paarden. Zeeuwse paarden, van die zware knollen met blonde manen en sokken, beesten die trekkracht hebben. En vooral ook dekhengsten. Wat hebben die Oekraïners helemaal voor paarden? Panjepaarden. Miserabele ondermaatse beesten. Wanneer je daar op gaat zitten, zakken ze subiet door hun poten.

Gelukkig spreek ik behoorlijk Duits, misschien kan ik binnenkort wel met Godefroy mee wanneer die op dienstreis daarnaar toe gaat, of met Rost van Tonningen. Niet voor niks zit ik op de afdeling Voorlichting, dan moet ik er toch op z'n minst een keer heen om te zien onder wat voor omstandigheden onze mensen daar werken, ik zou dan tegelijk een artikel in de *Pionier* kunnen schrijven, wie weet zelfs correspondent kunnen worden... Godefroy zegt dat Rost van Tonningen daar regelmatig naartoe vliegt in een eigen vliegtuig, een Junker 52, en dat zijn hoofdkwartier gevestigd is in een gepantserde trein. Heinrich wordt die trein genoemd.

Opnieuw heeft hij een middag verdaan met onbenulligheden. Het knaagt aan hem dat hij geen zinvoller, verantwoordelijker werk te doen krijgt, in elk geval had hij toch al in de redactie van de *Pionier* moeten zitten. Binnenkort moet hij daar eens met Godefroy over spreken. Hij ziet hem de laatste tijd minder dan hem lief is, Godefroy lijkt onbereikbaarder, schimmiger geworden. Voert hij misschien een geheime missie uit?

In de hal van het Oost Instituut ziet hij een muur van kartonnen dozen voor zich oprijzen. *Ostbetreuung Niederlande* staat er op elk daarvan. Op hem rust de verantwoordelijkheid die muur af te breken, doos voor doos, om samen met enkele vrijwillige Jeugdstormgrietjes die dozen te vullen met een assortiment van nuttige zaken zoals timmergereedschap, jachtgeweren met bijbehorend schietgerei, veelsoortige lectuur, niet alleen over akkerbouw en plagen die het gewas bedreigen, maar ook stapels folders en handboeken over geslachtsziekten, alcoholmisbruik, eerste hulp bij ongelukken en de talloze gevaren en kwalen die de onwetende kolonisten in de hun onbekende wereld bedreigen. En het spreekt vanzelf dat die eenzame pioniers zich ook van tijd tot tijd moeten kunnen amuseren en dus worden er romans waarin liefde en misdaad de hoofdschotel vormen naar dat Oekraïense steppeland gezonden evenals kaartspelen, damspelen, halma en mens-erger-je-niet, onschuldige spelletjes die moeten appelleren aan hun jeugd in het thuisland – ook analfabeten kunnen daar plezier aan beleven, is de gedachte. Mocht erom worden gevraagd dan kan er ook een Statenbijbel worden meegestuurd, en aan het eind van de lijst van te verzenden goederen staat steevast één vlakgum vermeld. Een grap? Een willekeurige ingeving van de opsteller van de lijst?

De ganse dag te moeten werken in een lucht van karton en pakpapier geeft Onno hoofdpijn. Zijn weerzin groeit tegen die stroachtige lucht, en ook de geur van groene zeep en goedkope eau de cologne die rond de Jeugdstormgrietjes hangt boezemt hem lijfelijke afkeer in – zijn reukvermogen en al zijn waarnemingen lijken verscherpt, iets schijnt hem te bedreigen, mogelijk de voorbode van een astma-aanval. Bovendien doet de prikkelende lucht hem op de meest onverwachte momenten krachtig niezen, terwijl het ruige karton en het grauwe oorlogspapier onprettig aanvoelen aan zijn vingertoppen – kortom, deze hele inpakbusiness vervult hem met onbehagen.

Toch zijn het niet alleen de strolucht en de stompzinnige werkzaamheden, ook die grieten met witte sokjes aan hun kinderbenen, die om onverklaarbare zaken aan het giechelen slaan, werken hem op de zenuwen. Iedere keer wanneer hij niest roepen ze vol geestdrift: Wel bekome het je, of: Driemaal is scheepsrecht. Als represaille maakt hij muggenzifterige aanmerkingen op hun lakse manier van inpakken, hun slordigheid waar het het juiste aantal van eenzelfde item betreft. Is hij soms de schoolmeester van een kleuterklas? Meer discipline moet er zijn, daar hebben die meiden geen benul van, meer militaire tucht. Toch komt er uit zijn mond niet veel anders dan: opschieten jullie, het karwei moet vandaag nog klaar! Hij ziet hoe ze hun wimpers neerslaan over hun spotzieke ogen, hoe er een lachrimpeltje verschijnt in een mondhoek, terwijl een stem quasi dociel antwoordt: Ja meneer, we doen ons uiterste best.

Met jongens kan hij beter overweg, daar heeft hij overwicht over, die kun je commanderen of met argumenten overreden. Maar met meiden weet je niet waar je aan toe bent, ze ontglippen je, ze zijn glibberig als alen, zitten ook vol met trucs; geen idee heeft hij hoe ze over hem denken. Hij tracht ze te imponeren met een vastberaden blik die geen tegenspraak duldt. Maar zodra ze hem met geveinsde onschuld aankijken voelt hij zich verstarren, hoort hij zelf de rare professorachtige klank in zijn stem. Zou het niet beter zijn wanneer hij voortaan in uniform naar kantoor kwam? Een uniform straalt vanzelf gezag uit...

Er broeit ergernis in hem over de gang van zaken, dit is geen werk voor een secretaris. Is hij soms een schaapskop die je kunt afschepen met onnozele karweitjes? Hij zal protest aantekenen, als 't moet bij de directie. Dan kan hij in één moeite door nog een ander punt van kritiek te berde brengen: het bedroevende niveau van de boeken die naar het oosten worden verstuurd, keukenmeidenromannetjes en goedkope detectives, waardeloze rommel. Waarom krijgen die mensen daar geen belangrijker boeken die hun geest vormen en inzicht verschaffen in het wereldgebeuren? Waarom niet *Mein Kampf* aan de zending toegevoegd of werk van Nietzsche? Om maar niet te spreken van de romans van de grote Russen waaruit ze iets over het Russische volk en zijn wordingsgeschiedenis kunnen leren. Zouden er niet een paar lui onder die Oostboeren zijn die hersens in hun schedelpan hebben?

Geamuseerd had Godefroy naar zijn driftig betoog geluisterd – zo kende hij Lodewijk nog niet – zo opstandig, zelfs belerend. Ja, had hij op sussende toon gezegd, hetgeen Onno als kleinerend ervoer, hij zou dit standpunt in de vergadering brengen.

'Kan ik het zelf niet in de vergadering brengen,' vroeg Onno, en in zijn geest wolkte het beeld op hoe hij daar zou staan om zijn denkbeeld welsprekend te verdedigen. Wanneer hij naar de Oekraïne zou vertrekken, was hij van plan daar lezingen te houden over politiek en literatuur. Want lag het niet in de bedoeling dat zij, de Germanen, in de Oekraïne de elite zouden vormen? Onlangs had hij Rost van Tonningen horen uiteenzetten op welke wijze het oosten moest worden ingericht. Joden en zigeuners zouden worden verwijderd en de overgebleven Slaven moesten verplicht worden te leren lezen en rekenen

– als ze maar tot tien kunnen tellen, had Rost van Tonningen er lachend aan toegevoegd – voor de rest dienden zij hun Germaanse meesters stipt te leren gehoorzamen.

Ja, zij zouden de meesters zijn en dat onontwikkelde gebied tot bloei brengen. *Lebensraum* was daar genoeg, zeker drie miljoen Nederlanders, net zoveel als er in het thuisland overtollig waren, konden daar een prachtig bestaan opbouwen.

Toch werd het hem in zijn meer redelijke ogenblikken duidelijk dat deze hele episode een wachttijd was, een voorbereidingstijd op wat komen ging.

Wat komen ging zou een uiterste krachtinspanning van hem vergen, hij moest leren niet zo snel aangebrand te zijn, meer stoïcijns en waardiger te reageren op minder plezierige bejegening of ontmoedigende omstandigheden. Hij moest sterker worden, zijn spieren en zenuwen stalen waardoor hij minder snel van zijn stuk zou worden gebracht. Steen voor steen moest hij zichzelf opbouwen om een vesting te worden van betrouwbaarheid en wilskracht. *Maak ernst van je leven in deze ernstige tijd*, echoden de woorden van Mussert in zijn hoofd. *Stel elk uur, elke minuut in dienst van je volk. Want jij staat er midden in. Jullie als jeugd zullen in deze oorlog de nooit stokkende adem van ons volk zijn.*

De nooit stokkende adem van ons volk... dichterlijke woorden, bevlogen woorden. In rode letters tekende hij ze op in het schrift waarin hij de doelstellingen van de Jeugdstorm noteerde. Dit moest zijn Leitmotiv worden: de nooit stokkende adem...

In de nacht las hij. In het strijdblad *Signaal,* in de *Storm-vlag,* of de Duitse weekbladen: *Der Adler* en *Die Wehrmacht,* om zich op de hoogte te houden van de vorderingen aan het front. Hij las en las om het vuur binnenin zich te voeden en onderhouden en bovenal om zijn moreel op te krikken. Geleidelijk keerde dan zijn geestdrift terug en voelde hij zich weer opgenomen door die golf van vervoering die hij als eenzame tiener had ervaren in zijn nachtelijk bed. Op zulke momenten kon hij de vernederende gedachte dat hij een kantoorklerk was en geen strijder aan het front van zich afschudden. Soms sukkelde hij in slaap met zijn hoofd op de propagandabladen terwijl het in zijn brein nog gonsde van de aanvurende kreten: *Wir rufen die Jugend Germaniens zum Sturm, Schlagt laut die Trommeln von Turm zu Turm...*

NIET GEWENST

Rijdend op zijn fiets door het Sperrgebiet, dwars door het heldere septemberlicht, kwam het hem voor dat hij een dergelijk tafereel al eens eerder had gezien; het ongecontroleerde jachtige bewegen van mensen door de straten projecteerde hem terug naar die dag in mei toen de oorlog was uitgebroken. Ook nu was er iets op til ook al wist hij niet in welke vorm zich dat zou aandienen, maar een voorgevoel zei hem dat wat nu op komst was zich in tegengestelde richting bewoog als indertijd. Een hevige verontrusting greep hem aan terwijl hij het zonderlinge spektakel in zich opnam van ordeloze groepjes Duitse soldaten die op (gevorderde?) rijwielen voorbij-jakkerden of met plunjezakken in gereedstaande militaire wagens klommen. Op het Spui stond een aantal bijeengedreven paarden, terwijl burgers in de weer waren huisraad, voornamelijk bestaand uit beddengoed, meubels en kookgerei, in karren te stapelen.

Hij maakte een omweg naar Hotel Zeezicht in Scheveningen waarin de ss was ingekwartierd en daar wachtte hem een nieuw schouwspel dat zich al aankondigde door walmende rookwolken. Op afstand gehouden door prikkeldraadversperring bleef hij staan kijken naar geüniformeerde figuren die heen en weer renden terwijl op de eerste verdieping ss'ers uit de open ramen hingen en paperassen naar beneden wierpen waar ze op het trottoir bijeen werden geharkt en op een vlammende hoop gegooid. Hier en daar vlogen halfverbrande papieren de lucht in, terwijl andere verkoolden tot roetzwarte vleermuizen. Snippers die aan de verdelging ontkomen waren dwarrelden als confetti rond, samen in een dans met de bladders roet. – Een autodafe, dacht hij, een ketterverbranding van onschuldige papieren... De brandstapels knetterden voortvarend en spuwden rookwolken uit die hem op de adem sloegen. Uit de voordeur van het imposante hotel waarin vroeger rijke badgasten verbleven, kwamen enkele hoge officieren naar buiten. Onno zag hoe een van hen zijn uniformjasje rechttrok en langs zijn hals vingerde om te voelen of zijn kraag en insignes op hun plaats zaten – *onder alle omstandigheden moet je je een waardig discipel van Hitler betonen* – hun koele blik schampte een ogenblik de brandstapels waarna ze zonder haast, de een na de ander – ze sloegen de slippen van hun lange jassen met geroutineerd gebaar opzij – in de gereedstaande dienstauto stapten en wegreden. Het vlaggetje met het hakenkruis op de bumper gaf nog even een rood signaal ten afscheid voor het achter de rook aan het zicht werd onttrokken.

Kuchend, met tranende ogen stond hij achter de versperring, een warboel van vragen in zijn kop. Hoe had hij zo blind en doof kunnen zijn dat hij dit noodlottige gebeuren niet had voorzien? Door zijn hoofd flitsten berichten waaraan hij geen belang had willen hechten, die hij had afgedaan als valse geruchten die het moreel van de bevolking moesten ondermijnen: Reims, Amiens ingenomen, Frankrijk vrijgegeven, Brussel door de geallieerden veroverd. Kon het waar zijn dat de vijandelijke troepen plotseling uit het niets zo dicht genaderd waren? Terwijl hij rondliep met een bord voor zijn kop?

Nog amechtig kuchend klom hij op zijn rijwiel om koers te zetten naar het Oost Instituut op de Laan van Meerdervoort. Daar aangekomen vond hij eenzelfde commotie, hoewel minder dramatisch dan bij het hoofdkwartier van de ss. Hier werden geen documenten in de vlammen gegooid. Wel was het vrijwel voltallige personeel bezig kasten en bureauladen leeg te ruimen en de inhoud daarvan in dozen te stoppen. Met rood aangelopen hoofden sjouwden zij de dozen de trappen af om ze in een legerauto van de Wehrmacht te laden.

Hij ging het kantoortje binnen dat zijn persoonlijke domein was geweest en vond het onttakeld en leeggeruimd, zelfs zijn vulpen was verdwenen. Door zijn verbijstering heen voelde hij woede in zich opvlammen omdat ze kennelijk hemzelf ook al hadden opgeruimd, weggevaagd. Hij keek het onbezielde hokje rond waarin hij zoveel werk had verzet, zoveel had gelezen en bestudeerd, maar zelfs de hoopvolle en vruchtbare gedachten die hem hier hadden geïnspireerd leken vervluchtigd, wat zich aan zijn blik vertoonde was niets dan een onpersoonlijk kaal kabinetje zoals er dertien gaan in een dozijn. Hij trok de deur dicht met het sombere gevoel of hij een stuk van zijn leven afsloot.

Als een vreemde, een outsider, dwaalde hij door het pand op zoek naar Godefroy. Godefroy was de enige die hem de sleutel kon aanreiken van de dichtgevallen deur van zijn toekomst. Ten slotte ontdekte hij hem in de kamer van de eerste secretaris, blijkbaar verwikkeld in een dringend telefoongesprek, want hij wuifde hem weg alsof hij een hinderlijke vlieg was. Op de gang bleef hij staan wachten tot het gesprek ten einde zou zijn, iedere keer genoodzaakt zich plat tegen de muur te drukken om zijn collega's met hun armen vol dozen en klappers doorgang te verlenen – termieten, dacht hij, die hun larven in veiligheid brengen. Hij verzonk in een lethargie van wachten, voelde zijn hoofd leeg worden.

Onverhoeds vloog de deur open en stond Godefroy voor hem. 'Jij hier?' zei hij alsof hij hem niet langer had verwacht, terwijl hij, Onno, toch een lid van de equipe was die het Instituut bemand had. Godefroy bleef strak en onderzoekend naar hem staan kijken. Uiteindelijk bracht Onno uit: 'Wat gaat er gebeuren? Waar gaat het Instituut naar toe?'

'Naar Duitsland. Waar anders heen? Daar kunnen we ons werk voortzetten.'

'Gaat u ook weg?' Hij hoorde zelf hoe dat 'u' onverhoeds uit zijn mond viel, er was afstand ontstaan tussen hem en zijn mentor.

'Natuurlijk, Lodewijk,' zei Godefroy en vervolgens op wat mildere toon, 'het spijt me voor je.'

'Kan ik dan niet mee? Daar kan ik toch evengoed mijn werk doen?'

Godefroy veegde even met zijn hand over zijn voorhoofd alsof de zorgen hem te veel werden, zuchtte: 'Nee, dat is onmogelijk. Je bent nog minderjarig, Lodewijk, ik kan de verantwoordelijkheid niet op me nemen.'

'Maar wat moet ik dan...? Waar moet ik naar toe?'

'Ik zou naar Amsterdam gaan als ik jou was, naar je familie.'

Godefroy zag hoe Onno's gezicht intens verbleekte, hoe hij zijn ogen tot spleetjes samenkneep en van daaruit een wanhopige, bijna hatende blik op hem wierp.

'Nooit!' riep Onno uit. 'Onmogelijk!'

Spuugbelletjes vlogen van zijn lippen, Godefroy zag hoe hij zijn handen tot vuisten samenknelde. Meewarig bleef hij enkele ogenblikken naar de jongen staan kijken, begon vervolgens door het vertrek heen en weer te benen.

'Goed, je wilt dus niet terug... kijken wat ons te doen staat.'

Dat 'ons' gaf Onno een schemertje hoop alsof Godefroy toch overwoog hem met zich mee naar Duitsland te nemen. Veel tijd om na te denken was er echter niet, personeelsleden staken hun hoofd om de deur met vragen, er moest gehandeld, er moesten beslissingen genomen, de tijd drong. Opeens rechtte Godefroy zijn rug en keek hem aan met de oude openhartige uitdrukking op zijn gezicht en de glimlach die Onno zo vaak had weten in te palmen: 'Ik weet het, jongen! Ga naar het clubhuis van je Stormers en meld je daar. Ik heb gehoord dat ze vrijwilligers zoeken ouder dan achttien jaar die willen helpen met het versterken van de verdedigingslinie in het oosten van ons land. Dat is prachtig werk, Lodewijk, daar kun je eer mee inleggen en helpen om de geallieerden een halt toe te roepen. Dit is toch helemaal in jouw geest, waar of niet?'

Argwanend keek Onno hem aan, niet in staat zo snel de omslag naar geestdrift te maken. Kon het een truc zijn om van hem af te komen? Werd hij belazerd? Dat plotselinge enthousiasme van Godefroy... die glimlach die hij met zulk routineus gemak op zijn gezicht wist te toveren.

'Nu, wat zeg je ervan?' drong Godefroy aan.

'Ik zal het onderzoeken,' antwoordde Onno stuurs, 'wat er van waar is... er wordt zoveel beweerd.'

Godefroy stak ten afscheid zijn hand naar hem uit. Op zijn gezicht stond te lezen dat hij het kort wilde houden: 'Het ga je goed, Lodewijk.'

Dat was het dan, Onno kwam niet veel verder dan een norse knik. Zonder op of om te kijken, zonder iemand te groeten liep hij naar buiten. Geleidelijk zakte zijn woede weg in dodelijke vermoeidheid, hij voelde zich gestigmatiseerd: hij was niet gewenst, niet meer nodig – ze hadden hem laten vallen.

OP WEG NAAR HET OOSTEN

In de kilte van de ochtend, de lucht staalblauw zonder enige beweging, stonden de Stormers aangetreden rond hun vlag. De kringleider liet zijn blik over de kleine groep vrijwilligers dwalen die hun diensten aanboden om de vijanden van het Groot-Duitse Rijk te vernietigen en de stormloop van de geallieerden een halt toe te roepen.

'Dit is het uur van de waarheid,' begon hij. 'Ik richt me tot jullie met de oproep: versta jullie plicht... Het wordt zwaar, zwaarder dan wat jullie tot nu toe hebben ondervonden, jullie moeten door het vuur gaan, het louteringsvuur, om jullie overtuiging in daden om te zetten. Maar onze overtuiging is glashelder en zal ook in het vuur glashelder blijven en ons en onze Führer uiteindelijk de overwinning brengen. Zijn jullie in staat trouw te blijven aan je ideaal? Bezit je de trotse kracht je Jeugdstormideaal niet te verliezen? Eerst dan ben je sterk, eerst dan kun je zeggen dat we vast aaneengesloten zijn en door alle tegenslagen heen die kracht in ons hart met ons meedragen!'

Onno snoof de damp op die uit de grond sloeg onder de groeiende warmte van de septemberzon, rook de kruidige boslucht van dennen, hars en paddenstoelen en voelde hoe zijn moedeloosheid verdween alsof er een injectie van energie in zijn aderen werd gespoten. Hij keek naar zijn medestrijders – de getrouwen, dacht hij, ridders van een geheime orde, zag hoe hun monden opengingen om hun Stormerslied aan te heffen en stemde met hen in: *Sterk en vast aaneengesloten / Volgen wij de Stormersvlag / Welke offers 't land zal vragen / Trouw tot aan de jongste dag.*

Twee aan twee, gekleed in hun uniform, wielerden zij naar de hun onbekende bestemming in het oosten. Onno genoot van het ritme waarin zijn trappers ronddraaiden, van de vaart waarmee zijn rijwiel zich voortbewoog tussen de andere, hij was één met de groep, omgeven, voortgedreven door de gezamenlijke kracht van zijn kameraden. Die kracht was zoiets als een harnas dat je omhulde: je spieren konden niet verslappen, hij vond dat aangenaam, zo kon hij eindeloos verder fietsen. Niet zichzelf en toch juist wel zichzelf, zijn wanhoop en lamlendigheid weggevaagd, op weg naar een belangwekkend doel. Hij ervoer een bijzondere manier van wakker zijn, een gevoel van op scherp staan. Zijn leven, zo kwam het hem voor, bestond uit drie delen: zijn oude bestaan in Amsterdam dat hij als een afgedragen jas had achtergelaten, zijn leerzame maar ondanks dat onbevredigende episode bij het Oost Instituut dat een wrange smaak in zijn mond had achtergelaten en nu deze nieuwe blinkende existentie waarin alles nog vorm kon aannemen, een soort niemandsleven waaruit hij als een getransformeerd persoon tevoorschijn zou kunnen komen. *Naar Oostland zullen wij rijden, naar Oostland willen wij mee, al over de groene heide, daar is er geen beter stee,* zong het in zijn hoofd. Hoewel dit een andersoortig oosten was waarheen hij nu op weg ging.

Naarmate de ochtendnevels optrokken stuitten zij steeds vaker op stromen vluchtelingen, zonderlinge horden zonder enige samenhang waarin militaire wagens en Duitse tanks de boerenkarren naar de zijkant van de weg drongen. Deze laatste hobbelden moeizaam over de kasseien, getrokken door werkpaarden en volgepakt met voltallige families vergezeld van de eerste benodigdheden om te overleven. Daartussendoor bewogen zich de lange grijsgroene neuzen van Wehrmachtauto's waarin hooggepette Duitse officiers zaten die achter hun zonnebrillen onbewogen voor zich uit keken.

Ondanks de vrolijke zon had deze hele zich voortbewegende colonne het onheilspellende van een geluidloze droom: mensen die in paniek uit hun huizen waren gevlucht en door het landschap trokken, niemand wist waarheen. Een natie op de vlucht... Wat hebben wij misdaan dat wij moeten vluchten als verschoppelingen, dacht Onno. Ergens had hij een spandoek tegen de pui van een herenhuis zien hangen met in rode letters de kreet: DOOD AAN MUSSERT. DOOD AAN DE LANDVERRADERS.

Welke stomme idioten hadden dat gedaan? Hij voelde een rare knoop in zijn keel. Wanneer je vluchtte bekende je schuld. Maar wie had er hier schuld? Hij en zijn Jeugdstormers in ieder geval niet, zij gingen juist op weg om hun vaderland tegen de vijand te verdedigen.

Ze kwamen een legereenheid achterop – die moest in ijlmars op weg zijn naar de bedreigde plekken in de frontlinie. De soldaten zongen niet zoals hij van ze gewend was. Uit den treuren hadden ze in die jaren dezelfde liedjes gezongen zoals *Heidemarie* of *Wiltbretschütz* of *Deutschland, Deutschland über alles*, alsof die in hun lijf gegraveerd stonden. Dit keer echter marcheerden ze in stilte. Ze zagen er ook anders uit. Hun verweerde wangen hingen in plooien, stoppels bedekten hun kin, hun uniformen zaten niet langer onberispelijk, maar lubberig of juist strakgespannen over een embonpoint. Hij dacht terug aan de prachtige strijders van het heirleger dat in mei 1940 Amsterdam was binnengetrokken. Waar waren die gebleven?

Te midden van die stromen vluchtelingen kostte het de Stormers moeite bijeen te blijven, maar ze vonden elkaar terug bij de gesloten bomen van een spoorwegovergang. Leunend op hun rijwielen stonden ze op adem te komen. Als een traag dier dat op zijn hoede is voor gevaar kwam een trein aangestommeld, de locomotief slaakte een schrille alarmkreet. Ook dit bleek een legertransport op weg naar het oosten, soldaten hingen uit de neergedraaide coupéramen. Zouden die beseffen dat de Stormers hun medestanders waren, vroeg Onno zich af. Opeens voelde hij de aandrift te laten weten dat ook zij strijders waren in een en dezelfde strijd, dat ook zij op weg gingen naar het front om het Derde Rijk zijn eindoverwinning te bezorgen. Zijn arm schoot de lucht in met een krachtig Sieg Heil...! Dun klonk zijn stem door het geroezemoes heen, niemand nam de zegekreet over, slechts een enkele soldaat wuifde minzaam uit zijn open raampje, hoewel die groet niet zozeer voor hem, Onno, bedoeld scheen alswel voor de opeengepakte menigte achter de spoorbomen. Plotseling had hij de pest in dat hij die groet gebracht had, tegelijkertijd werd hij zich bewust van zijn verschijning in zomeruniform met blote knieën onder de korte broek als een schooljochie. Had hij op zijn minst zijn laarzen maar aan gehad, dan was er een duidelijk onderscheid geweest tussen hem en de melkmuilen die zich nog geen rang hadden verworven.

Rijden jongens! werd er geroepen. De IJsselbrug wordt opgeblazen! Een van de Stormers was achteropgeraakt. Onno hielp hem door hem in de rug te duwen. Ik heb nog kracht, voelde hij, hoe meer er van mij gevraagd wordt hoe meer kracht ik krijg. Gevoel van trots zwol in zijn borst nu hij een zwakkere had kunnen helpen.

In een Wehrmachthuis kregen ze gortepap te eten. Die wurgde hij door zijn keel en vervolgens was het weer trappen, trappen. Een brug doemde op waarvoor een waarschuwingsbord dreigde: GEVAAR! TIEFFLIEGER! Hadden de Engelse vliegers hier vrij spel boven deze naakte brug en de monotone vlakke weg waarop zelfs een konijn een aanzienlijk mikpunt zou vormen? Waar waren de fameuze Duitse jagers die hen konden beschermen? Vliegensvlug liet Onno zijn blik over de wegberm gaan, geen greppels om in weg te duiken, geen struikgewas, enkel stalen staketsels die als hongerige kaken omhoogstaken om de buik van elk waaghalzig toestel dat naar de diepte dook open te rijten. Maar in de heldere lucht vertoonde zich niets dat op een verraderlijk naderbij suizende stip leek, dus moesten ze het erop wagen.

Onno kromde zijn lichaam tot een bal en liet de trappers draaien zo snel zijn benen het toelieten. Voelde zich omhoogstijgen over de bolling van de brug, vanuit de lucht gezien een levensgroot doelwit – adrenaline gierde door zijn lijf – om vervolgens neer te suizen naar de leegte van de vlakke weg. Achter zich hoorde hij het zwoegend gehijg van zijn Stormers – altijd achter elkaar blijven rijden, was hun geleerd, nooit op een kluit, want dan vormen jullie een gemakkelijk doelwit. Hoorde hij geronk? Waarom was die vervloekte weg zo kaal en zo lang? Maar reeds doemde in de verte het veilige nest op van grijzige boerenhuizen, opgelucht bleven ze staan uitblazen. Er heerste doodse stilte in het gehucht, alle huizen bleken verlaten, zelfs geen hond liet zich zien.

Meppel werd aangekondigd. Zouden ze nog verder gaan? Nee, eerst slapen, slapen. De volgende dag ging het richting Beilen. Geen vluchtelingenstroom meer te bekennen. Hoe was die zo opeens opgelost? Waarheen verdwenen? Assen kwam in zicht, in hun verdoofde staat bemerkten zij het amper, in allerijl werden ze in een vlooiige school gestopt. Ternauwernood waren ze in de grauwe ochtend uit hun versuffing ontwaakt of een Duitse korporaal kwam ze optrommelen met de boodschap dat zij aan de loopgraven moesten gaan werken – alleen Onno werd, met twee van zijn kameraden, van dit werk uitgezonderd met de opdracht dat zij eerst een schuur als nachtkwartier moesten inrichten en voor vers stro en dekens dienden te zorgen. Later op de dag kregen ze de verantwoordelijkheid voor de voedselvoorziening van de arbeiders. Iedere ochtend prompt om acht uur moest er brood, worst en margarine worden uitgereikt tezamen met een pover beetje koffiesurrogaat, 's avonds werd er in de gaarkeuken soep uitgedeeld.

ONNO

Voor de eerste keer stond ik tegenover de mannen die aan de loopgraven werkten. Mannen? Eerder een meute uitgehongerde honden zoals ze duwden en elkaar verdrongen om iets eetbaars te bemachtigen, zoals ze graaiden naar het brood. Niet direct wat je een elitecorps zou noemen. En wat moesten die lui doen om die armzalige hap vreten te verdienen? De ganse dag in regen en wind in de modder spitten. Ik zag mijn eigen Stormers tussen een allegaartje van Einsatz-jongens, gevluchte NSB'ers, maar ook polakken en andersoortige op drift geraakte lieden, die waren allang blij dat ze iets te bikken konden krijgen.

Een week lang heb ik dit werk gedaan, ik wilde me volledig inzetten en iedere opdracht hoe onbenullig ook uitvoeren. En mijn inspanning werd beloond. Op een zondag liet de Duitse korporaal Heinrich mij bij zich roepen om me mee te delen dat ik zijn adjudant-Dolmetscher zou worden. Ik spreek natuurlijk goed Duits, daar heb ik nu voordeel van. Vanaf die dag kreeg ik het gemakkelijker. In de ochtend moest ik allereerst Heinrich z'n melk koken en vervolgens diverse opdrachten in ontvangst nemen. Tot mijn vreugde kreeg ik een Landstormuniform, plus laarzen. Dat uniform gaf me status waardoor ik minder tegenwerking kreeg te verduren, want mijn nieuwe baan hield in dat ik wekelijks uitbetalingen moest doen aan de kerels die aan de loopgraven werkten. Honderden guldens heb ik uitbetaald, honderden briefjes afgetekend, langs verschansingen, Panzergraben, drakentanden, heen en weer op mijn trouwe fiets, waarvan de voorband inmiddels door een tuinslang is vervangen.

Die hectische stroom van onophoudelijke werkzaamheden en opdrachten leek opeens te stokken en ik besefte dat ik een lege halve middag tot mijn beschikking had. Ik keek om me heen en ontdekte iets dat me niet eerder was opgevallen. Hunebedden, 5.6 km stond er op een wegwijzer langs het fietspad. Ik hoorde als een echo uit mijn kinderjaren de geestdriftige stem van mijn onderwijzer op de Pieter Lastmanschool, en ik zag in gekrulde hoofdletters *De Raadselachtige Hunebedden* in mijn schoolboek staan. Plotseling was het of mijn vroegere leven dat het mijne was geweest tot ik het op een dag had afgezworen, zich weer presenteerde. Ik werd bevangen door een nostalgisch verlangen: ik wilde de hunebedden zien.

Ik stapte op mijn rijwiel en zonder krachtinspanning

reed ik een stille wereld binnen die geen notie had van de rumoerige verwarring van een land in oorlog. Berkenbomen op hun ene witte been schudden hun laatste blaadjes op me neer, de winter is in aantocht... Ik crosste over een heideveld dat leek op te dampen in de lucht, sloeg linksaf een weggetje in. En daar lagen ze, de monumenten van onze oervoorvaderen. Gigantische rotsblokken gestapeld door heidense krachtmensen. Wat zijn het? Graven? Gedenkplaatsen, altaars opgericht voor de goden? Daar liggen ze net als piramiden, zwijgend en alles wetend. Zelfs de gedachten van je medemensen kun je niet doorgronden, hoe wil je dan over een kloof van duizenden jaren heen die verdwenen oermensen begrijpen, die onbekende goden aanbaden en andere, lang verdwenen sterrenbeelden aan de nachthemel zagen staan?

En wat ben ik? Een eendagsvlieg, zoals ik hier sta in mijn uniform, met mijn gammele fiets aan de hand... een raar plaatje als die hunebedbouwers mij vanuit het heelal konden zien staan. En eeuwen of duizenden jaren na onze beschaving zullen de mensen misschien resten vinden van onze in hun ogen prehistorische tanks, of van onze schedels en verroeste helmen met de swastika versierd, dan zullen historici zich het hoofd breken over de betekenis van dat raadselachtige teken. Zo vluchtig is dit allemaal: Stalingrad, Blut und Ehre... Welk stukje van het epos zal ik nog meemaken? Wat zal er van ons verhaal na duizenden jaren nog te achterhalen zijn? Misschien zullen deze hunebedden overwinnaars blijken in de tijd, deze duistere steenblokken, ooit opgericht boven het gebeente van heidense koningen, terwijl wij, strijders van het Derde Rijk allang zullen zijn vergeten. De ondoorgrondelijkheid van deze steenbedden grijpt mij aan, ik gooi mijn fiets in de hei en ga tussen de pollen zitten vis à vis dit monument van onsterfelijkheid, of juist van sterfelijkheid? Van sterfelijkheid die zichzelf wil overstijgen om de eeuwigheid te bereiken?

Wat is er met me aan de hand! Wat zit ik hier te filosoferen bij een paar ouwe keien die in de ijstijd hierheen zijn gerold en door een paar simpele heidenen op elkaar zijn gestapeld. Ik leef in een andere realiteit, ik heb mijn eigen taak te volbrengen. – *Wie wil leven, moet vechten, en wie in deze wereld niet wil vechten, die zal het leven niet kunnen behouden, want hij verdient het niet*, zegt mijn leermeester Adolf Hitler. Misschien zal mijn taak, mijn leven, niet heroïsch zijn, zal ik niet sterven in de sneeuw van Rusland, maar misschien zal ik toch een waardevol radertje zijn in deze heilige oorlog tegen de joden en het communisme.

De zon daalt en de kleuren vergulden de grijze keien die daar liggen als versteende olifanten, ik loop ernaartoe en strijk met mijn hand over het oppervlak dat nog een nauw merkbare nagloed van zonnewarmte afgeeft. Ik pak een eikel van de grond en zet mijn tanden erin, proef het bos, rottend blad, paddestoelen. Toen wij kinderen waren verzamelden Vera en ik eikels en Vera stampte ze fijn en maakte er een papje van, ik zat op een boomstronk, ik was de gast en moest het papje eten... eeuwen geleden.

Ik ben verhandeld aan een nieuwe meester. Heinrich werd bevorderd en verdween uit het zicht en dus werd ik uitbesteed aan Karl, de Kommandoführer. Onder Karl kreeg ik de taak toegewezen brood te stapelen, tweeduizend broden, zesduizend broden. Mijn handen roken naar brood, mijn kleren kregen een muffe geur van brood, 's nachts droomde ik van brood. Nadat ik ze had gestapeld, moest ik de broden ook weer uitdelen. Soms bleef er een brood over, want niemand eet dat smerige oorlogsbrood voor zijn plezier. De taaie lapjes magere kaas, het stuk worst en het smeersel dat voor margarine moet doorgaan blijven daarentegen nooit over. 's Middags eten de Kommandoführer en zijn trawanten een koningsmaal: apart gedekt, apart gekookt, met ei, worst en jus.

Maandag 8 november werden wij bijeengeroepen en kregen te horen dat wij naar Arnhem moesten vertrekken. Via achterklap kwam ons ter ore dat de NSDAP alles in het werk heeft gesteld om ons hier weg te krijgen. Wij hebben hier in Assen de hele boel op poten gezet en nu de zaken goed geregeld zijn komt die Partei om ons als een koekoeksjong uit het nest te kieperen. Natuurlijk worden ons fraaie vooruitzichten voorgespiegeld. Wij zullen daar in Arnhem aan een belangrijke verdedigingslinie gaan werken. In een grote boog zal er een ring van stellingen rond Arnhem worden gebouwd en dit zal onze eigen Atlantikwall worden, een onneembare vesting. Alleen al bij het zien ervan zullen de Engelsen terugdeinzen!

Het gerucht doet de ronde dat wij hulp zullen krijgen

van duizenden NSB'ers en dat we gezamenlijk binnen enkele weken dat mirakel tot stand zullen brengen, zodat we kunnen zeggen: Kijk, volk van Nederland, dit doet de NSB. De NSB redt uw vaderland. Er wordt nu al druk gespeculeerd over wat er later in de geschiedenisboekjes zal komen te staan. Iets in de trant van: Bij Arnhem kwam de ommekeer... of: duizenden nationaalsocialisten offerden zich op om met doodsverachting onder een hagel van granaten aan een gigantische verschansing te werken die het vaderland heeft gered.

JOHANNA

Iedere ochtend stuur ik Tristan naar de brievenbus, maar onveranderlijk komt hij met lege handen boven. Heb je wel goed gekeken, vraag ik, kan er niet iets op de mat zijn gevallen?

Geen bericht, niet eens het gebruikelijk kattebelletje met: Heb zestig gulden nodig, kan de hospita niet betalen. Vera is daar altijd woedend over, dat je het lef hebt geld te eisen. Dat moet hij maar lenen van zijn NSB-vriendjes, zegt ze, walgelijk dat hij zo eerloos is om het aan vader te vragen, die hardwerkende man die hij zo minacht. Ze vindt dat we je geen cent meer moeten sturen. Maar ik ben altijd bang voor je gezondheid.

Waar ben je nu na die zonderling hitsige dagen van Dolle Dinsdag waarop jubel en wraak het land overspoeld hebben? Is het Oost Instituut opgeheven en heeft die hele club de benen genomen? Naar Duitsland? En ben jij meegegaan naar dat halfverwoeste land vol desperado's, vluchtelingen en moordenaars? Of zwerf je nog ergens rond achter de Atlantikwall waar die krakkemikkige V2's uit de lucht vallen, verleen je hier of daar hand- en spandiensten om aan geld te komen? Ik zie je lopen in die ouwe regenjas – je uniform zal je wel niet meer dragen, of toch? – achter de bunkers en de drakentanden.

Waarom ben je niet thuisgekomen? Je bent toch onze zoon.

Wat heb ik gedaan dat je zo bent geworden, zo hard, zo onbereikbaar? Misschien is het niet alleen jouw schuld, maar ook de mijne. Weet je nog dat je me altijd voor de voeten wierp dat ik te vaak discussieerde over schuld en geen schuld? Zelfs wanneer ik je vrij wilde pleiten, werd je boos en zei je dat dat volstrekt zinloos was omdat er niets viel vrij te pleiten omdat je was zoals je was geworden en dat je dat goed beviel. Dat je niet anders had willen zijn. Al dat oeverloos gezwets, zei je tegen mij.

Als wespen cirkelen mijn gedachten onophoudelijk rond dat onvatbare begrip 'schuld'. Voor jou is alles zonneklaar, voor jou bestaat schuld niet, je hebt gekozen diegene te zijn die je nu bent, die persoon heb je met moeite en woede en wie weet radeloosheid uit je zelf en ons gezin losgewrikt, een hele prestatie wanneer je bedenkt dat wij, je vader, Vera en ik de meerderheid vertegenwoordigden die ontstaan was in een traditie en een geestelijk klimaat die jou vreemd waren. En in dat proces van vrijwording heb je ons verloochend, pijn gedaan, van je weggestoten. Maar is dat niet een normaal proces in het volwassen worden? Heb ik zelf toen ik zo oud was als jij niet mijn eigen vader, de boekhouder, geminacht en ben ik niet zo snel mogelijk uit huis weggegaan omdat ik voor mezelf een onstuimiger leven wenste? Misschien heb je dat wel van mij geërfd, die rebelse aard.

Je zei tegen ons: ik denk dat jullie mij toch liever als nationaalsocialist zien dan een vent die in kroegen rondhangt en met hoeren naar bed gaat. Wij bleven hierop het antwoord schuldig.

Je zei tegen ons dat wij je veel te slap hadden opgevoed, je niet hard genoeg hadden aangepakt. Die aantijging was nog het meest tegen mij gericht. Ik heb je te veel bemoederd, ik heb geprobeerd je op je benen te zetten toen je een zwak onzeker ventje was. Kun je dat schuld noemen? Mogelijk bestonden onze karakters uit elementen die niet met elkaar strookten, harmonieerden, waren onze persoonlijkheden totaal anders geaard. Je kiest je eigen moeder niet uit. En ik, je moeder, probeerde je te kneden, te vormen naar mijn ideaalbeeld, ik zong versjes in je kinderoren over vlinders en engelen en wat niet al, ik wilde dat je het bestaan zou zien als een waardevol en wonderbaarlijk geschenk van de schepper, ik meende een wijsgerige geest te bespeuren in je ogen – vergeet niet, het was de eeuw van het kind, wij, jonge moeders werden bekogeld met opvoedkundige boekjes over de kinderziel. In de jaren voor de eeuwwisseling had klaarblijkelijk niemand zich in de kinderziel verdiept, maar nu deden plotseling allerhande theorieën opgeld: je moest je buigen over die ontvankelijke ziel en hem leiden, hem opbinden als een klimplant tegen een muur. Het scheen mij een zinvolle taak toe en ik begon er vol animo aan. Ik wenste niet dat mijn kinderen een jeugd zouden krijgen zoals de mijne was geweest: bekrompen en streng.

In mijn ouderlijk huis aan de Heemraadsingel in Rotterdam woonden mijn grootouders in het onderhuis. Jaren later, toen die oude mensen allang dood waren, meende ik nog de tirannieke blafhoest van mijn grootvader door de muren heen te horen. Als kind kwam mij dat onderhuis voor als een oord van naargeestig verval. Iedere dag wanneer de tijd van het avondeten was aangebroken (exact om zes uur) ondernamen de beide grijze schimmen met getik van stokken de steile klim naar de bovenverdieping. Bij wijze van begroeting kneep mijn grootvader ons, kinderen, hardhandig in de wang waarna hij zich steunend aan het hoofd van de tafel neerliet en zich door mijn moeder een groot formaat servet liet voorbinden. Daar zat hij dan als een geknevelde patriarch die met zijn vingers ongedurig op de tafel trommelde. Grootmoeder was een dor vrouwtje dat almaar kleiner werd en waar amper meer geluid uitkwam. Als kind mocht je tijdens de maaltijd geen woord zeggen en mijn moeder schikte zich gedwee naar dit protocol.

Begrijp je waarom ik een volstrekt andere jeugd voor mijn kinderen wenste? Maar kennelijk is de weegschaal naar de andere kant doorgeslagen. Wie kan zoiets voorzien? Wanneer je als jonge gelukkige moeder door het Vondelpark wandelt met aan iedere hand een kind, een jongen en een meisje met krullen op het hoofd, twee en drie jaar oud, vijf en zes, zeven en acht, wanneer je wandelt door die gouden tijd zonder enig vermoeden van de adder onder het gras? Mogelijk kondigde de adder zich voor het eerst aan in het gesis van de rubberslang van de astmapomp die tussen jouw lippen verdween teneinde je longen vol lucht te pompen – zoals kikkers worden opgepompt door kwajongens, heb ik wel gedacht. Toch bezweren de heren medici mij dat het een heilzaam instrument was.

Niettemin deed toen de angst zijn intrede. Angst wanneer ik jouw benauwde kinderhoofd zag aan het uiteinde van de slang. Ik leed omdat jij moest lijden. Ik beloofde je iets lekkers of iets wat je graag wilde hebben wanneer je je flink gedroeg. Fout? Had ik moeten doen of dit de gewoonste zaak van de wereld was? Kop op, het is voor je bestwil? Kinkhoest, roodvonk, astma, allemaal voor je bestwil.

Eerlijk is eerlijk, ik ben in latere jaren ook vaak driftig tegen je uitgevaren, dat stak dan onverhoeds de kop op als een storm waartegen ik me niet kon wapenen, ik liet die storm losbarsten omdat je dingen voor mij verheimelijkte, mij de waarheid niet vertelde, me weerstreefde wanneer ik je wilde helpen met huiswerk. Jij daarentegen bezat een effectief afweersysteem: je hulde je in stilzwijgen, mijn drift liep daarop stuk en jij bleef overeind als stille overwinnaar. Goed. Mea culpa. Mijn schuld. Maar ken je iemand die volmaakt is als moeder? Misschien is dat wel het meest fatale: een moeder hebben die volmaakt is, die niet twijfelt aan de juistheid van haar handelen, die niet meegeeft, niet meezwalkt in de opkomende vloed van haar emoties?

Mogelijk is er toch nog een toekomst voor ons, voor ons beiden, en komen wij elkaar op een goede dag tegen, jij als een jong volwassene die rijper is geworden door de ervaringen in de oorlog opgedaan, en zullen wij onze wederzijdse schuld tegen elkaar kunnen wegschrappen.

ONNO

De dagelijkse werkelijkheid had slagzij gemaakt en kreeg het aanzien van een nachtmerrieachtige, soms kolderieke droom. In de bleke ochtendschemer waren de Stormers richting Zwolle vertrokken. De novemberwind loeide om hun oren. Slingerend op hun rijwielen, genoopt halt te houden en vervolgens te voet verder te gaan, klommen zij over de dijk bij Wijhe. Zutphen bleek lelijk gehavend, de Engelsen hadden een munitietrein gebombardeerd waardoor het station en de huizen langs de spoorbaan aan diggelen waren gegaan. En al de wrakstukken en puinhopen lagen in de regen die de godganse dag neerplensde. Het handjevol Jeugdstormers zwoegde langs deze door God en mens verlaten ruïnes met hun steeds armzaliger bezittingen vastgesnoerd op hun bagagedragers. Ze spraken niet, het was of zij het praten waren verleerd.

Ook toen zij tegen de avond uiteindelijk onderdak hadden gevonden in een boerenschuur, bleef de regen plenzen met onwaarschijnlijke hardnekkigheid. De enige weldaad die het leven voor hen in petto had kwam in de vorm van brood en droge dekens. De meeste jongens stripten zich tot op hun naakte huid en die hele schuur leek in het wiegelende licht van de stallantaarns op het visioen dat Jeroen Bosch van het vagevuur had geschilderd met al die dooreenwriemelende witte lijven die bukten, neerknielden of zich omhoogrekten om hun natte plunje aan de paardenruiven of hanenbalken te hangen. – Het is verstandiger om je bloot in je droge deken te rollen dan met natte kleren aan, had hun voormalige kringleider Jol gezegd, die uit de duistere chaos van de stormnacht God weet waar vandaan aan hen was verschenen als hun levensredder met een legerauto vol warme dekens en zelfs soldatenlaarzen.

Onno hield zijn onderbroek aan, gewoontegetrouw vanwege de schaamte over zijn kleine geslacht hoewel er in feite niemand te midden van het gewoel daar ook maar een grein belangstelling voor had.

Weldra lag de schuurvloer bedekt met stijf ingerolde mummies die al haast in een comateuze slaap waren verzonken. Tot een jongen die dicht bij de schuurdeur lag alarm sloeg omdat er regenwater hun onderkomen binnenliep. Aanvankelijk deed zich dit voor als een miezerig stroompje dat zich door iedere kluit aarde of paar laarzen liet ontmoedigen, maar al gauw vormde zich een klein meer dat overliep en welgemoed op weg ging naar een nieuwe bedding, het wrong zich in bochten rond obstakels en stroomde steeds dieper de ruimte in.

'Verrek,' riep iemand, 'ik lig in de zeik.'

'Hou je mond, man,' werd er teruggeroepen, 'je maakt iedereen wakker.'

Nu begonnen ook andere slapers nattigheid te voelen, hetgeen onrust en geklaag veroorzaakte.

'Slapen verdomme, hoor je wat ik zeg!' riep hun schaarleider. (Jol was ijlings weer vertrokken naar een comfortabeler oord.) 'Zijn jullie soms juffershondjes? Bang voor een drup water?'

Demonstratief blies de man de laatste kaars uit die als nachtlicht diende zodat een ondoordringbaar duister over hen heen viel. Hierop ving er een exodus van blote lijven aan die kruipend en strompelend tussen en over hun onzichtbare lotgenoten naar een droge plek begonnen te zoeken. Er klonk gevloek, pijnkreten, onduidelijke herrie van klappen en geworstel. 'In godsnaam steek die kaars toch aan!' werd er geschreeuwd.

Ook Onno zocht zich in het duister een doorgang naar het inwendige van de schuur. Hij duwde tegen onduidelijke obstakels maar werd teruggeduwd alsof hij een boksbal was. Deken over zijn rug, linkerhand tastend voor zich uit kwam hij in aanraking met sliknatte haren, hoofden en neuzen, het leek of het aantal slapers zich had vertienvoudigd, hij struikelde over een onverhoeds uitgestoken been, werd door de eigenaar daarvan in zijn kruis getrapt, kromp ineen van pijn; de veroveraars van elke droge plek verdedigden hun territorium met fanatieke verbetenheid. Op handen en voeten voortkruipend kwam het hem voor of hij in een kuil vol kwaadaardige katten was gevallen. Alle angst, alle frustratie en uitputting leken daar in die aardedonkere schuur tot explosie te zijn gekomen.

Plotseling knipte iemand zijn zaklantaarn aan en liet het schijnsel over de zee van hoofden scheren. Van sommige Stormers herkende Onno de gezichten ondanks de zwarte slagschaduw en de bizar uitvergrote neuzen die hen er onguur deden uitzien.

'Kalmte, mijne heren...' riep hun schaarleider.

Ontnuchterd keken de Stormers elkaar aan, de een wrokkig, een ander verlegen grinnikend, en schoven opzij om ruimte te maken. Onno, zich verbijtend van pijn, ontdekte een onbezette plaats bij de muur. Een muur, daar hield hij van, dan had je tenminste aan één kant privacy. Hij legde zijn deken over zich heen, trapte die met zijn voeten naar beneden en legde met een zucht van verlichting zijn gezicht naar de muur.

De muur van zijn kinderjaren. Zijn metgezel, zijn gesprekspartner, die altijd rust uitstraalde, altijd koel was en waarlangs hij zijn hete koortshanden had laten dwalen. In de duistere wereld achter zich meende hij twee gestalten te zien ronddolen, zijn moeder en haar bondgenoot de huisarts in een nerveuze gefluisterde discussie verwikkeld, terwijl de geneesheer een dreigende injectiespuit op hem gericht hield. Vervolgens verscheen de afschuwwekkende spatel waarmee de arts altijd met geweld zijn tong naar beneden drukte om in zijn keelgat naar ongerechtigheden te kunnen speuren, zijn borst schokte van de onweerstaanbare neiging te kokhalzen, hij sloeg met zijn hand de spatel weg en trof daarbij de muur, wakker schrikkend uit een nachtmerrieachtige flard van een droom en tegelijk bracht de pijn in zijn kruis hem weer tot zijn positieven, terug in de schuur.

Hijgend ging hij rechtop zitten, zich plotseling bewust van de benauwde stank die in de ruimte hing, een stank die naar het hem toescheen met de minuut penetranter werd en hem op de adem sloeg: stank van zweet, ongewassen lijven, modderschoenen, kleren waaruit het vocht verdampte, onfrisse adem. Hij hoestte. Zag hoe in het duister verscheidene rooie puntjes van sigaretten aangloeiden, nu begonnen die lui nog te roken ook!

Met zijn hoofd naar de muur gewend zoog hij zuinige teugjes lucht naar binnen in de hoop dat rook en stank niet zijn longen zouden bereiken. Niettemin groeide zijn woede. Met een ruk richtte hij zich op en riep met zijn commandostem (getraind op de kaderopleiding): 'Hier mag niet worden gerookt!'

'Wie zegt dat?' klonk een kwaaie stem uit het donker. 'Is het hier soms een kloosterschool?'

Dit waren geen Jeugdstormwelpen, maar jongens van zijn eigen leeftijd, sommigen ouder zelfs, en meer gehard en ervaren. Die zullen in Arnhem wel een toontje lager zingen als de granaten over hun kop fluiten, dacht hij, terwijl hij zich zo strak mogelijk in zijn deken rolde. Ik moet me niet laten jennen... mijn waardigheid behouden, als leerling van Hitler... terwijl hij langzaam wegsoesde bij het ruisen van de regen en de doffer wordende geluiden van de slapers.

Het bleef donker alsof de zon nooit was opgegaan. Onverminderd loeide de storm, boomtakken braken af en vielen voor hun wielen, dor blad dwarrelde rond hun hoofd en de wind blies dwars door hun winterjekkers tot op hun blote huid. In Velp hadden zij het geluk dat ze zich mochten opwarmen bij de Wehrmacht en daarenboven een kop hete soep kregen. Veel was het niet, maar hun jeugdige wolvenhonger werd voor korte tijd gestild.

Als een waarachtige pater familias ontving kringleider Jol het uitgeputte troepje fietsers om vervolgens een bezielende toespraak te houden waarin hij het grote belang van de verdediging van Arnhem uiteenzette. Hij prees hun moed en doorzettingsvermogen, maar verzuimde evenmin alle gevaren die hen in Arnhem wachtten in gloedvolle bewoordingen uit de doeken te doen. Onderwijl rammelden de ruiten onder het gedreun van kanonnen. Voor het eerst in zijn leven hoorde Onno daadwerkelijk kanongebulder. Of dit afkomstig was van geschut van vriend of vijand wist hij niet, maar onverhoeds nam de oorlog, de schimmige, steeds terugwijkende oorlog, gestalte aan, met deze stem meldde hij zich. Desondanks had dit gebulder iets goedmoedigs, je kon er een soort welkom in horen. De oorlog verwelkomde hem, zijn leven als strijder stond eindelijk op het punt werkelijkheid te worden. Onzeker of hij angst of geestdrift in hun ogen zou lezen, durfde hij zijn kameraden niet aan te kijken. En ondanks zichzelf voelde ook hij ergens, diep in zijn binnenste, angst als een ineengerolde wolf die zich koest hield, vooralsnog koest hield.

Tot zijn spijt, zo meldde kringleider Jol, was het hem niet mogelijk met hen mee naar Arnhem te gaan, hij zou rechtstreeks naar de ss vertrekken. – Nu moeten we laten zien waartoe wij in staat zijn, dacht Onno. Hij wilde zijn kameraden een hart onder de riem steken, dacht erover hun strijdlied aan te heffen: *Eens komt het uur, / gloeiend als vuur, / dat de vijand / grimmig voor ons staat. / Komt eens de strijd, / wij zijn bereid!*

Toch leek het jaren geleden, in een voorbije tijd, dat hij dit lied ooit gezongen had. Het bulderen van de kanonnen en dat lied verdroegen elkaar niet, het scheen of die twee niet op elkaar aansloten, of daartussen een vacuüm was ontstaan.

DE BLOEDHONDEN

Vera waste haar handen onder de kraan – water was er nog, water in overvloed, de enige luxe die ze nog tot hun beschikking hadden. Met handenvol wierp ze het koude water in haar gezicht om tot haar positieven te komen, stroopte haar mouwen op en boende haar naakte onderarmen tot ze rood en gloeiend waren om elke fysieke herinnering, elk spoor van de lucht van hun mannenlijven, hun uniformen van zich af te wassen, de lucht van die bloedhonden die in alle vroegte waren binnengedrongen om hun huis overhoop te halen en in alle hoeken te speuren met het teken van de dood in hun pupillen.

Op een wenk van Johanna: ga met ze mee, doe gewoon

– alsof zij beiden een bepaalde stijl, een soort gastvrijheid tegenover de indringers moesten handhaven – had zij de ss'ers rondgeleid. Zij liet ze bereidwillig iedere kamer zien, opende de deuren van elke kast, maar niet al te snel, ze moesten tijd zien te rekken. Een aantal van de kasten zat op slot en dat wekte de argwaan van de ss'ers die uit frustratie tegen de deuren trapten, maar het oude trouwe huis was solide, de deuren gaven geen krimp. Een van de kerels greep haar bij de pols en schreeuwde iets in haar oren waarvan niet de betekenis, maar de klank haar duidelijk maakte dat er iets dringend van haar geëist werd. Met een ss'er op haar hielen liep ze de trappen af naar de benedenverdieping waar haar moeder in peignoir kwijnend tegen de deurpost van de salon leunde en de aandacht van een officier afleidde door hem allerlei dwaalspoorachtige verhalen te vertellen. Vera vroeg haar naar de sleutelbos waarmee de laatste kasten geopend konden worden. Theatraal hief Johanna haar handen omhoog: 'Ik denk in het bureau van je vader...' en toen Vera onverrichter zake terugkwam, richtte zij zich met een 'Verzeihen Sie mir...' tot de officier en zei tegen Vera: 'Misschien boven in de linnenkast!' Dit alles vormde een spel tussen hen beiden dat zij met dodelijke ernst ten beste gaven, terwijl ze boven hun hoofden de laarzen hoorden rondstampen en een beeld voor ogen kregen van de liederlijke wanorde die daar ontstond omdat de ss'ers hun bajonetten in de bedden staken, in de klerenkasten, zelfs in het kolenhok, in hun ijver de prooi op te sporen.

Inmiddels speelde zich in Vera's hoofd een ander scenario af: kleine Tristan die op zijn moeders verzoek kalmpjes de trap was afgelopen, moest zijn eigen missie gaan vervullen: door de laan naar nummer 16 lopen – onthoud dat goed: nummer 16, had Johanna hem ingeprent – waar een longarts woonde die nog over telefoon beschikte. Daar moest hij melden dat zijn vader door de ss werd gezocht en vragen of die meneer het Gerechtshof wilde bellen om zijn vader te waarschuwen. En hij, de dromerige, altijd wat wereldvreemde knaap had, zoals naderhand zou blijken, zijn missie met overleg en koelbloedigheid volbracht. Hij had zijn jasje aangetrokken en zijn schooltas gepakt alsof de school nog altijd in functie was en niet al maanden gesloten wegens gebrek aan kolen en elektriciteit – ook hij een radertje in het spel dat zijn moeder bliksemsnel had ontworpen op het ogenblik dat zij de overvalwagen voor de deur had zien staan. Een kleine jongen die naar school ging wekte geen argwaan, terwijl zij en Vera hun komedie speelden van angstige vrouwen die hun man en vader ergens in een geheime schuilplaats hadden verstopt. De wachtpost voor de deur liet hem gaan en Tristan omzeilde dat massieve lijf om op weg te gaan naar nummer 16.

Toen de huiszoeking zonder resultaat bleef, kwamen de ss'ers in tweestrijd. Immers indien de vogel was gevlogen moesten zij in allerijl naar het Gerechtshof om hem daar in de boeien te kunnen slaan. Johanna had de officier verteld, terwijl ze nog altijd tegen de deurpost leunde – zij was ziek, zei ze en sloeg haar ogen met hulpeloze blik naar hem omhoog – dat haar man altijd matineus was en al vroeg de deur was uitgegaan om zich te voet naar zijn werk te begeven, hij was altijd zo plichtsgetrouw; een hele stroom lukrake Duitse woorden viel van haar lippen alsof ze daarmee die Duitser tegenover haar als een spin in haar web kon inspinnen. En tegelijkertijd speelde zij de argeloze dame die geen weet had van de boosheid van de wereld of zelfs maar van de mogelijke fatale uitkomst van deze huiszoeking. Had dit tot resultaat dat de officier zich ongemakkelijk begon te voelen en zijn dreigend vertoon intoomde? Hoe het zij, hij floot zijn manschappen terug, maakte een onhandige buiging voor Johanna, een overblijfsel van hoffelijk gedrag uit een ander tijdsgewricht, en leidde zijn mannen de trappen af. Vera en Johanna hoorden buiten in de sombere winterochtend de motor van de overvalwagen aanslaan en vervolgens viel de stilte in. Stilte van een verlamde stad, waarin zich slechts een enkele verdoolde ziel voortbewoog met een slee of handkar over het ijsdek van de straat.

VERA EN DE JANUSKOP

Op de reclamezuil die op de hoek van de Amstelveenseweg en de Koninginneweg stond, zag zij een aanplakbiljet met daarop het beruchte ss-teken: twee bliksemschichten die in haar geest insloegen. Versteend bleef ze staan, maar het scheen of de zwarte letters buiten proportie groot werden en haar naar zich toe zogen: BEKANNT-MACHUNG. DER HÖHERE SS- UND POLIZEIFÜHRER

NORDWEST GIBT BEKANNT. Daaronder volgde een rij namen, maar de afstand was te groot, of haar geest te verward om die te kunnen lezen.

Haar lichaam wilde rechtsomkeert maken, wilde die zuil van zich afduwen, hem uitwissen, het leek of denken een te zware opgave was, of haar geest vluchtte in een leegte. Zij wilde toegeven aan een flauwte die zich prikkelend aankondigde op haar koude huid, maar ze bezwijmde niet, het bleek onmogelijk het barmhartige moment te bereiken waarop ze niets meer zou weten, niets meer zou voelen, en die fatale zuil niet langer zou bestaan.

Maar hij bestond, zijn plompe aanwezigheid was onontkoombaar. Hoe dikwijls had zij de namen onder het hatelijke s s-teken niet met een woedende opwinding gelezen, maar het waren altijd namen van onbekenden gebleven. Nu dreigde iets anders, nu dreigde een zwart gat dat zich voor haar voeten zou openen. Ze had een vluchtige gedachte hoe zij dit: de dood van haar vader, van die aanwezigheid die er altijd in hun leven was geweest, aan haar moeder en broertje zou moeten melden. Het bleef echter een ongrijpbare gedachte waaraan ze geen vorm wist te geven. Had Johanna enig vermoeden gehad van deze dreigende rampspoed en had zij haar, Vera, onkundig willen laten zo lang dat mogelijk was? Nu viel er aan de waarheid niet langer te ontkomen, nu kondigde het noodlot zich aan in zwarte letters op de aanplakzuil; het onherroepelijk voortsnellen van de tijd kon geen halt worden toegeroepen.

Het noodlot had een Januskop: ja of nee. Dood of niet dood.

Zij waagde een stap dichterbij, recht voor zich uit. Bijna was ze meteen weer blijven staan, zo'n zware beproeving was die stap, toch balde zich iets in haar samen, wilskracht kon je het niet noemen, eerder noodzaak om een einde te maken aan die luchtledigheid, ademnood. Ze las:

Tengevolge van den laffe politieken moordaanslag op den Procureur-Generaal Mr. Dr. Feitsma, werden op 7 februari 1945 als vergeldingsmaatregel de volgende personen standrechtelijk doodgeschoten:

1^e de hooggraadmetselaar J. Smuling,
2^e de Vice-President van de Arrondissements-Rechtbank alhier, Mr. W.J.H. Dons,
3^e de Raadsheer bij het Gerechtshof alhier, Mr. H.J. Hülsmann,
4^e de communistenleider en leider van een verzetsorganisatie, J. Bak,
5^e de communistische arts C.W. Ittmann, allen te Amsterdam.

Zijn naam stond er niet bij.

Onzeker of zij het wel goed gezien had, zwierven haar ogen nogmaals over de rij namen, haar lichaam ving aan te trillen omdat daaruit plotseling alle spankracht was weggeweken. Hij was ontkomen. Ontkomen aan het vuurpeloton. Rakelings langs de dood gescheerd... Toch kon de angst die zich in haar had vastgeklauwd, niet in een oogwenk worden omgezet in blijdschap, die overgang was te groot. Hooguit siepelde er een gevoel van opluchting in haar binnen, een opluchting die vermengd met afgrijzen en somberte in haar binnenste rondwervelde. Geleidelijk nam die werveling af en werd haar hartklop minder jachtig. Toch zou het beeld van haar vaders dode gezicht zoals dit in dat ene ogenblik aan haar was verschenen, van tijd tot tijd terugkomen – zijn dode gezicht zou een stempel blijven dat eenmaal in haar geest gedrukt, nog jaren later in haar dromen zou opdoemen.

Zij week weg van de zuil, liep met de vuisten gebald in haar jaszakken heen en terug over het trottoir alsof het haar onmogelijk was zich los te scheuren van de namen van de ter dood gebrachten. Door de vermoeidheid, de kou die zich paarde aan haar eenzaamheid, kreeg ze het gevoel, niet dat het veel later was – iets wat nog voorstelbaar zou zijn geweest – maar dat ze buiten de tijd was geraakt. De tijd stond stil, de stad lag gestold om haar heen, de zwarte bomen strekten hun macabere takken naar de hemel alsof er nooit meer een voorjaar zou aanbreken. Ze deden haar aan die dode mannen denken voor wie de tijd niet meer bestond en wier namen op de zuil stonden alsof zij misdadigers waren geweest.

Wat gebeurde er met hun lichamen? vroeg zij zich af. Dat wat er van hen resteerde en waaraan je hun persoonlijkheid, hun ambt, hun leven nog kortstondig kon aflezen? Werden de lichamen vrijgegeven aan de familieleden? Moesten die hun dode geliefden gaan ophalen bij de ss? Een huivering ging door haar heen bij het visioen dat haar verbeelding opriep: zij zag zichzelf lopen met haar dode vader op een handkar over de beijsde straten... klampte zich echter onmiddellijk weer vast aan de enige zekerheid die ze bezat: mijn vader niet, mijn vader is er niet bij.

Toch sprong één naam tussen die van de terechtgestelden uit de anonimiteit. De naam van de vader van een schoolvriendje waarmee ze dikwijls na schooltijd was opgelopen omdat zijn huis niet ver van het hare aan de Koninginneweg stond: Hülsmann. Die naam maakte het drama tastbaar. Zíjn vader was omgebracht, de hare niet in dit sinistere dobbelspel dat de bezetter met de bevolking speelde. De blijdschap over haar vaders ontsnapping die geleidelijk als een luwe wind door haar heen begon te stromen werd hierdoor getemperd, ze voelde zich verward, bijna schuldig. Hoe kon ze haar vriendje ooit onder ogen komen?

Gedurende de dagen die volgden zou ze heen en weer worden geslingerd tussen de impuls naar haar schoolkameraad toe te gaan om hem te laten weten hoezeer zij met hem meevoelde en anderzijds de neiging dit voorval zonder te reageren te laten passeren.

Zij ging niet. Uit lafheid? Vrees in een situatie verzeild te raken die teveel van haar zou vragen? In de jaren nadien voelde zij soms wroeging wanneer zij aan die bleke jongen dacht met zijn schooltas op zijn rug, die door deze moordpartij vaderloos was geworden, maar herstellen deed zij haar verzuim niet, hetgeen haar gemakkelijk werd gemaakt doordat ze hem nooit terugzag. Mensen verdwenen uit je leven – dat was de werkelijkheid van de oorlog.

IJSBLOEMEN

Arnolds studeerkamer stond nu leeg, was koud, onbezield. Het was een ruimte geweest waarin de boeken, papieren, gedachten, soms de rook van een enkele sigaret, een eigen van de buitenwereld afgescheiden atmosfeer hadden geschapen. Toch had die kamer voor de kinderen nooit iets plechtigs of afwerends gehad, integendeel er heerste een genoeglijke rust. Hun vader zat daar achter zijn paperassen als een tevreden snorrende kater, misschien was hij op die plek in de rust van de avond het gelukkigst geweest, met zijn krasserige kroontjespen tussen wijsvinger en middelvinger geklemd, of in de weer met de rode stempellak die hij druppelsgewijs op de processtukken liet vallen die nog dezelfde avond door de parketwachter zouden worden opgehaald. Zijn hoofd vol problemen die met de rechtspraak en nieuwe ontwikkelingen op dat gebied van doen hadden, niet alleen waar het strafrecht betrof, maar ook het stemrecht voor vrouwen of de verbeterde richtlijnen voor de reclassering – een wereld waarin hij vol animo zijn weg zocht.

Jaren later, toen haar vader al gestorven was, begreep Vera dat hij het met de problemen in zijn gezin veel moeilijker had gehad omdat hij daar geen wetten kon handhaven, geen duidelijke zwart-wit tegenstellingen kon vinden, omdat daar alles gecompliceerder was, verweven met teleurstelling, onbegrijpelijkheid en onbegrip. Daar was hij in een labyrint terechtgekomen van ondoorzichtige zaken: die van de diverse ingewikkelde psychische structuren van zijn echtgenote en bloedeigen kinderen.

Nadat de oorlog was beëindigd en hij de draad van zijn leven weer trachtte op te pakken, sloot hij zijn herinneringen weg achter een vergrendelde deur. Hij praatte nooit meer over het gebeurde noch over zijn gevoelens, in feite wilde hij niets van zijn vrouw of kinderen weten wat hem onaangenaam kon treffen, wat hem kon verwonden. En in zijn ouderdom kwam er zelfs weer een lichtzinnig optimisme over hem, alsof hij alles wilde bedekken met, ja met wat? Niet met de mantel der liefde, maar met een niet willen weten, met een soort onwerkelijk positivisme. Gewoon, hij wilde alles een verfje geven met een vrolijk tintje.

Maar toen zij kleine kinderen waren, vertegenwoordigde de studeerkamer een warm rustpunt voor het slapengaan, een pleisterplaats tussen dag en nacht. De aandacht van hun overbezorgde moeder was, nadat ze hen in bad gedaan en in schone pyjama's had gestoken, even op iets anders gericht: zij was op de benedenverdieping bezig met het geven van instructies aan het dienstmeisje omtrent de bezigheden van de volgende dag. Onno en Vera, schoongeboend en quasi suikerzoet, hingen tegen hun vader aan en bedelden om een stukje chocola dat zij

weggeborgen wisten in de diepe bureaula. Vader plaag-
de hen, nee, moeder zou dat niet goed vinden... Hadden
zij hun tanden al gepoetst? Nee, dan mocht hij hun geen
chocola geven.

Tegen de kinderlijfjes evenwel die op zijn knieën klau-
terden, tegen hun vleiende handjes op zijn gezicht, was hij
niet opgewassen. Nu vooruit dan maar, een klein stukje...
En dan kwamen de tjoklatrepen tevoorschijn, zes stuks
voor een kwartje bij Albert Heijn, tot de oorlog daar een
eind aan maakte en de kinderen niet meer voor het slapengaan zijn studeerkamer binnenkwamen.

Nu stonden er ijsbloemen op de ramen. Zonder de pa-
pierwinkel van het parket zag zijn bureau er levenloos
uit, het koperen stempelleeuwtje dat hun vader altijd in
de gloeiende rode lak had gedrukt was dof geworden.
Soms dwaalde Johanna naar binnen en streek met een
lege blik in haar ogen over de bureaustoel, het vloeiblad,
de tinnen inktpot, alsof die stomme voorwerpen haar iets
konden vertellen, iets van hem konden terugroepen in
zijn vertrouwde gedaante, hier op deze plek waar hij behoorde te zijn. Piekerde hij over haar en de kinderen?
Dacht hij na over de noodlottige gebeurtenissen? Was hij
slapeloos, ontredderd? Niemand zou nu een hand op zijn
voorhoofd leggen om de daarin rondwoelende dromen te
kalmeren. Of zat hij in zijn schuilplaats verdoofd op iets
eetbaars te kauwen, met het gevoel: ik heb het gered, ik
besta nog...?

Nu leek uit het vertrek elk spoor van leven te zijn weggewist, zij had zelfs moeite zich zijn lach te herinneren of zijn knorrige afweer wanneer hij in zijn werk verdiept was en niet naar haar wenste te luisteren. Haar gedachten grepen hulpeloos om zich heen terwijl haar ogen over de doodse voorwerpen gleden, haar adem die in de vrieskou omhoogwolkte, was het enige dat bewoog in de stille kamer. Zij trok zich terug uit deze catacombe en sloot de deur af met de sleutel.

ARNOLD

Hij was niet in staat het fatale beeld van zijn innerlijk netvlies weg te vagen: de bewuste foto, zwart-wit, grof korrelig, die in het illegale krantje *Vrij Nederland* had gestaan. Ook al richtte hij zijn blik op iets anders, het bleef aanwezig, ook als hij zijn ogen sloot, zelfs wanneer hij sliep. Dat beeld leek in zijn schedel te zijn opgehangen als het achterdoek voor alles wat zich nu verder in zijn leven zou afspelen: hoe ze daar lagen in het plantsoen op de Apollolaan, voorover gevallen in hun versleten colbertjasjes, lang uitgestrekt, de pols van de één vastgeketend aan die van de ander alsof zij misdadigers waren. En tegelijk kwamen ze hem naïef voor, zoals ze met de goeiige onhandigheid van kamergeleerden neergestort lagen op het beijzelde gras. Komend, zoals hijzelf, uit de oude wereld van orde en regelmaat en bovenal van gerechtigheid die nu was versplinterd door onvatbaar geweld, vermalen door het ijzeren regime van de vijand. Een vijand zonder gezicht, met drijfveren en motivaties die uit een onkenbare andere wereld leken te komen. Eén van de twee had geen schoenen aan zijn voeten, alleen sokken, donkere sokken. Dat detail trof hem. Waren die schoenen hem uitgetrokken, of had hij ze door de overijlde haast waarmee zijn beulen hem ter dood wilden brengen niet aan zijn voeten kunnen krijgen? Misschien hadden ze hem gezegd dat hij die toch nergens meer voor nodig zou hebben. Wat maakt het uit of je met koude voeten naar je dood wandelt, of met warme?

Dons en Hülsmann, zijn collega's. Hoe hadden zij zich gevoeld vlak voor hun overrompelende gewelddadige dood? Hadden zij zich in hun panische verbazing nog gedachten kunnen vormen over hun voorbije leven in die luttele minuten voor hun executie? Of hadden zij gemeend tot op de seconde voor het vuursalvo dat dit niet kón bestaan zo zonder enige aanklacht of veroordeling, dat dit een vergissing of een nachtmerrie moest zijn waaruit ontwaken mogelijk was? Het wegsnellen van de seconden, de laatste teug lucht, hun tijd van leven afgesnoeid door een vlijmscherp mes.

En hij zat hier nog, kauwend op iets ondefinieerbaars dat suikerbiet of aardappel moest zijn, hij kauwde nog, slikte nog, bespeurde nog een sprankje warmte. Zijn perceptie was nog intact. Waarom zij, twee excellente mannen? En hij niet? Toeval? Lotsbestemming?

Fatum. Van dat woord had hij altijd veel gehouden. Het borg een mysterie in zich dat een mens klein maakte, deemoedig. Fatum, afgeleid van het Latijnse *fari*, spreken.

Bij de Romeinen betekende fari: het gesprokene, ook wel godsspraak of orakel genoemd. Hij herinnerde zich hoe zijn leraar Latijn op het gymnasium daarover uitweidde en verteld had hoe fatum de betekenis kreeg van 'het onafwendbare', het noodlot. Fatum was iets van de goden geweest en nu regeerden deze nazischoften alsof zij de goden waren die over dood en leven heersten.

Hoe moest het zijn om volstrekt onvoorbereid ter dood te worden gebracht? Zonder dat de geest zich een verhouding kon hebben gezocht tot het eigen sterven? Zonder de waardigheid van een mens die zijn sterfelijkheid onder ogen heeft durven zien? In dat geval was een mens niet veel meer dan een slachtdier – niet eens een offerdier, dat tenminste met ceremonieel ter dood wordt gebracht omwille van een kosmisch idee of mythologisch begrip. Zij waren slachtdieren geweest, willoze slachtdieren...

Ophouden met denken moest hij. Ophouden, ophouden, het dwangbeeld uitbannen.

Hij verlangde naar zijn boekenkast, hij verlangde hevig naar de stemmen van de eerste rechtsfilosofen in de geschiedenis: Socrates en Plato, om zijn geest mee te laven, om die te genezen van zijn bitterheid en wanhoop, weg van de misdadige willekeur en onmenselijkheid die de wereld in een zwijnenstal hadden veranderd. Misschien kon hij in een briefje aan Vera vragen wanneer zij voedsel aan de deur afleverde om de volgende keer, samen met de knolrapen en gerimpelde aardappelen, zijn *Politeia* mee naar binnen te smokkelen. Hij herinnerde zich hoe hij al op het gymnasium gebiologeerd was geraakt door de logica en de wijze van redeneren van Plato en via hem van diens leermeester Socrates. De twee giganten die hem in zijn studiejaren de weg hadden gewezen door hem het gevoel te geven dat hun richtlijnen aan zijn werk en zijn leven helderheid en redelijkheid konden verschaffen.

Nu hij het fundament waarop zijn bestaan en carrière waren gebaseerd onder zich voelde afbrokkelen, groeide zijn verlangen naar bevestiging van zijn oude denkbeelden. Hij wenste terug te gaan naar die jaren waarin hij in zijn geestdrift had gemeend dat de begrippen over de gehoorzaamheid aan de wet, over de rechtvaardigheid of de ideale staatsinrichting voor altijd gegrondvest waren in een beschaafde samenleving. Was hij een naïeveling geweest? Was mogelijk Plato zelf een naïeveling geweest? Omdat de dingen van deze wereld nu eenmaal niet de weerspiegeling zijn van een ideaal, een droom over vrijheid en menselijkheid? Hoe vaak had hij in de loop van deze oorlog niet gezien dat drijfveren van morele aard, zoals solidariteit, menselijke waardigheid, opofferingsgezindheid, van mensen waren afgevallen als versleten vodden en hoe zij zich nieuwe drijfveren aanschaften die beter bij de huidige omstandigheden pasten en die hun bovendien van een zekere mate van veiligheid en succes verzekerden? En toch... toch bleef in hem de koppige overtuiging dat het fundament van elke menselijke samenleving gebaseerd diende te zijn op gehoorzaamheid aan de wetgeving en begrippen omtrent rechtvaardig-

heid. Dat bovendien de ideale staatsinrichting ook rekening moest houden met de menselijke onvolkomenheid,
zoals Plato in zijn *Nomoi*, de Wetten, uiteenzette. Dat had
hem toentertijd het diepst geraakt, de wijze waarop de
grote wijsgeer in zijn glasheldere betogen een plaats voor
de menselijke onvolkomenheid had ingeruimd. In zijn afzondering verlangde hij terug naar de kalme tred van Plato's betoogtrant in diens *Dialogen*, die een balsem waren
geweest voor zijn jeugdige geest – en die dat mogelijk opnieuw konden bewerkstelligen. Toch had het verhaal over
de dood van Socrates hem het diepst van alles getroffen.
Socrates, veroordeeld tot het drinken van de gifbeker, had
de dood hanteerbaar weten te maken, niet door zich voor
te doen als een held of zijn dood tot een dramatische gebeurtenis te verheffen, nee, hij had de dood gekleineerd
door hem met nuchterheid en kalmte tegemoet te treden.
Hij troostte zijn leerlingen en onderwees hen in het aan-
vaarden van de meest algemene en meest menselijke gebeurtenis in ieders leven: de dood.

Opnieuw moest hij aan Dons en Hülsmann denken.
Had de geest van Socrates hen in het ultieme ogenblik
bijgestaan door de dood hanteerbaar te maken?

TRISTAN

In het koude huis waren de beide vrouwen achtergebleven, moeder en dochter samen met de kleine Tristan die
zijn vader het leven had gered zonder zich daarvan be-

wust te zijn. De jongen aanvaardde de afwezigheid van zijn vader met evenveel gemak als het verdwijnen van zijn oudere broer. Misschien vatte hij die dubbele verdwijntruc op als van eenzelfde orde waarmee het elektrisch licht was verdwenen en duisternis en kou hun intrede hadden gedaan. Ook zijn school was uit zijn wereld weggewist, kranten bestonden niet langer, de illegale radio was door de Duitsers in beslag genomen. Vroeg hij naar zijn vader of zijn broer? Johanna vond zijn stilzwijgen bevreemdend en trachtte achter de gedachten in dat ronde kinderhoofd te komen. Hij had dezelfde ogen als zijn broer: groen, hoewel lichter van tint en met blonde in plaats van donkere wimpers.

'Mis je papa?' vroeg ze.

Hij bezag haar peinzend alsof hij bij zichzelf te rade moest gaan om bij het beeld van zijn vader te komen.

'Dat weet ik niet zo precies,' gaf hij ten antwoord onderwijl in zijn neus pulkend, 'misschien wel...'

Of was dit laatste bedoeld om haar in haar verlangens tegemoet te komen? En Vera? Miste zij haar vader? Of de broer waarmee ze in haar kinderjaren dag in dag uit had gespeeld? Johanna voelde een eigenaardige hulpeloosheid over zich komen. Jij hebt te weinig aandacht besteed aan je oudste zoon, zei ze in gedachten tegen Arnold, je zat altijd maar achter je bureau. Had ook Vera geleden onder zijn mentale afwezigheid? Toch had ze geen lust om daarover met haar dochter in discussie te gaan. Vera was bijna volwassen, meisjes maakten zich los van hun vader – er moest ruimte komen voor andere ervaringen, andere emoties. Niet dat zij die nu kon opdoen... De oorlog had hen ingevroren als kikkers in het ijs, verdoofd wachtten ze of er ooit nog een lente zou komen, of het leven zich weer aan hen zou presenteren, opspringend in hun bloed. Of niet natuurlijk. Of niet.

Er werd gezegd dat de Duitsers bij een overwinning van de geallieerden Amsterdam nooit goedschiks zouden verlaten, maar dat zij de stad zouden platbombarderen en teisteren met sulferbommen die vuurzeeën zouden doen ontspringen. Toch dacht ze er niet over na, de oorlog maakte je fatalistisch. Ze voelde zich merkwaardig rustig, zo samen met Vera en het kind, de altijd gespannen draad van haar zorgelijk gepieker en haar angsten leek te zijn geknapt. Dus dobberden ze de dagen door met onbenullige bezigheden die hen in leven moesten houden. Zoals houtjes hakken voor het noodkacheltje, 'hoge hoed' genaamd, een ruilhandeltje gaande houden om iets eetbaars binnen te halen, op de houtenbandenfiets – het laatste vehikel dat nog resteerde van hun rijwielpark – naar Arnolds onderduikadres fietsen om schielijk een zakje suikerbieten of aardappelen in de portiek te dumpen – veelal Vera's taak, die kriskras door de stad trapte om eventuele achtervolgers los te rijden.

Johanna ontdekte in zichzelf een onvermoede handelsgeest. De triomf die zij ervoer wanneer ze de ring van haar grootmoeder of oorbellen die zij toch nooit droeg, voordelig tegen een paar knolrapen of een pond suiker had versjacherd, droeg bij haar zelfbewustzijn en haar plezier (kun je van plezier spreken in zo'n ellendige tijd?)

te vergroten, het animeerde haar zelfs om te lachen, flirterig te praten met louche handelaars die aan de deur kwamen, zodat die haar méér gaven dan aanvankelijk in hun bedoeling lag. Zulke kleine dingen van de oorlog maakten het bestaan draaglijk, ze strooiden wat kruidigheid door de doodse dagen. Soms zei ze tegen Vera, als een samenzweerster: 'Zullen wij vanavond een kopje échte thee drinken?' Echte thee, ooit gehamsterd, vijf jaar geleden, een exotische drank uit de archipel van de thee, iets uit lang vervlogen dagen. En dan zaten zij bij het carbidlichtje, in een deken gewikkeld, als twee stille drinkers van hun thee te nippen.

Zij waren in een luwte terechtgekomen. In de stilgevallen stad waarin hooguit een enkel voertuig door de ijzige straten rolde, leek het of niet alleen hun oren doof waren geworden, maar ook hun geest was verdoofd. De toekomst was een vinger lang en zo leefden zij van het ene uur op het andere.

Tristan had zijn eigen methode van overleven ontwikkeld. Hij, de kabouter van het gezin, verdween in een zelfgemaakt universum buiten bereik van de onvatbare mensenwereld. Hij klauterde op stoelen om bij de hogere planken van de boekenkast te kunnen komen en haalde daar zware boekdelen vanaf die hij als een hamster meenam naar zijn ijskoude kamertje. Daar zat hij met blauwe vingers te tekenen. Piramiden tekende hij, waarvan hij de maten op de millimeter nauwkeurig overnam van de illustraties uit *De Geschiedenis Van Het Oude Egypte*. Hij tekende en schreef schriften vol, tabellen van dynastieën met de data ingevuld daarachter. Op een goede dag verlangde hij grotere vellen papier om zijn pirami-den indrukwekkender proporties te kunnen geven en Jo-hanna was zo goed of zo kwaad niet of zij ging op zoek in het bureau van Arnold naar de blanco achterkanten of enveloppen van processtukken. Soms mompelde hij de namen van farao's: Amenhotep, Ichnaton... alsof het magische formules waren waarmee hij zijn wereld kon manipuleren. Johanna verbaasde zich in hoge mate over haar jongste, ze zag hem, gekleed in een te grote trui van zijn broer op de grond geknield, als een dwerg die zich bekwaamt in het uitspreken van toverspreuken. Hoe kon een kind van acht jaar zich zo verbeten in een onbegrij-pelijke en verre wereld verdiepen? Wat vond hij daar? Haars ondanks werd ze beslopen door gevoelens van trots op haar jongste zoon – werd ze dan nooit wijzer? Herinnerde zij zich niet meer hoe zij van verrukking ver-vuld was geweest toen de kleine Onno haar zo filosofisch en bijzonder had geleken? Niettemin was het te verleide-lijk om zich in deze somberte niet over te geven aan een sprankje licht, iets dat naar een toekomst verwees.

'Je moet me niet uitlachen,' zei ze tegen Vera met een verontschuldigend lachje, 'maar je zou haast denken dat hij een reïncarnatie van een oude Egyptenaar zou kun-nen zijn. Het lijkt wel of hij iets herkent, of hij zich thuis voelt in die oude wereld.'

Op zekere dag kwam de huisbaas, een kaalhoofdige ta-bakshandelaar wiens lijf in die hongermaanden tot een slappe zak was geslonken, aan de deur bellen. Geagiteerd rukte hij aan het touw waaraan de noodbel was opgehangen om vervolgens amechtig de trap te beklimmen en Johanna dringend te spreken te vragen. Onder vier ogen welteverstaan. Achteraf was Johanna blij dat Arnold dit bezoek bespaard was gebleven, want de tabakshandelaar had iets verontrustends te melden. Toen hij die ochtend een ommetje wilde maken om zijn hond uit te laten, was hem opgevallen dat de stoep van Johanna's huis met grote hanenpoten was beklad. Zichtbaar voor iedere willekeurige voorbijganger stond er in krijt geschreven: ONNO IS NSB.

'U begrijpt,' zei de tabakshandelaar, zijn bleke handen opheffend, 'dat ik geen ogenblik heb gewacht om naar u toe te komen!'

Johanna had zich echter al bliksemsnel omgedraaid en riep luidkeels door het trappenhuis: 'Vera! Vera!'

Stuurs liep Vera de trap af – altijd, bij iedere calamiteit, moest zij komen opdraven, maar haar gezichtsuitdrukking veranderde op slag toen zij hoorde wat haar moeder haar fluisterend toevertrouwde. Zij kreeg de opdracht die lasterlijke woorden, die uitschreeuwden wat jarenlang achter hun dichte deur verborgen was gebleven, weg te schrobben. Zelf keerde Johanna terug naar de woonkamer waar de tabakshandelaar zorgelijk in een leunstoel zat en bood haar gast een kopje koffie aan van het beste surrogaat gemaakt van gemalen beukennootjes. Ze beijverde zich hem met kalmerende woorden te sussen. Onno was volstrekt geen NSB'er, hij was bij een razzia opgepakt om in de Arbeidsdienst te gaan werken, vandaar dat hij tegenwoordig niet thuis woonde (de waarheid manipuleren, dat leerde je wel in de oorlogsjaren).

Bekommerd zei de tabakshandelaar dat het voor haar onkreukbare echtgenoot verschrikkelijk zou zijn wanneer de hele buurt van deze gemene verdachtmaking op de hoogte zou raken. 'En je hebt altijd domme mensen die er geloof aan hechten,' voegde hij er cryptisch aan toe.

Hij hoopte van harte dat hij de enige was die de smadelijke woorden op de stoep had opgemerkt. Hij drukte Johanna's tengere handen tussen de zijne en staarde met zijn varkensoogjes langdurig in haar vermoeide, maar nog altijd mooie ogen, want ja, hij was een bewonderaar van haar. Hoe ze haar gezin in leven wist te houden met een man die was ondergedoken en nog iedere dag gevaar liep. Wanneer er ook maar iets was waarmee hij haar van dienst kon zijn: zij hoefde maar te kikken.

Inmiddels was Vera met een emmer water naar de plek des onheils gelopen. Tristan, altijd ogenblikkelijk ter plekke wanneer hij iets opwindends vermoedde, huppelde met de bezem achter haar aan. Schichtig blikte Vera in het rond om te kijken of de straat leeg was, kieperde toen snel een puts water over de schandvlek in hun leven en begon verwoed te schrobben. Tristan amuseerde zich met het op- en afspringen van de stoeptreden, keek toen met zijn hoofd schuin naar de vervagende letters.

'Dat heb ik gedaan,' zei hij.

Vera onderbrak haar geschrob.

'Wat heb jij gedaan?'

'Dat heb ik geschreven,' herhaalde Tristan niet zonder trots.

Daar stond haar broertje, een kalm duiveltje. Begreep hij meer dan zij vermoedde? Wat betekende dat uitdagende glimmertje in zijn ogen? Wat wist hij? Was het wraak vanwege zijn jarenlang buitengesloten zijn van de onbegrijpelijke tumultueuze show die zijn familieleden ten beste hadden gegeven?

Daar stond hij, de achtjarige aanstichter van alle commotie en bekende zijn schuld. Of zijn onbewust verraad? God weet hoe zoiets in zijn werk gaat, dacht ze. Had hij zichzelf op deze manier ook een rol willen toebedelen in het oorlogsdrama?

Goedkeurend keek de tabakshandelaar naar de schoongeboende stoep en groette de beide kinderen van zijn buurvrouw met een knipoog.

ARNOLD

Zoveel als hem mogelijk was probeerde hij het woord honger of zelfs maar de suggestie van een hongerige maag te vermijden, want hij zag in dat zijn gastheer, een vriend uit zijn studententijd, bij wie hij op die noodlotsdag was binnengevallen, er nog beroerder aan toe was dan hijzelf. Johanna had immers altijd nog aan iets eetbaars weten te komen, maar de vrijgezel, zijn studievriend, had zichzelf op eigen kracht in leven moeten houden en bijster handig was hij daarin blijkbaar niet geweest. Arnold zag hoe sterk hij was vermagerd, hij had iets van een snoek, een roofvis, zijn ogen waren rond en puilend. Als een vrek telde hij het aantal suikerbieten of aardappelen, hij hield het niveau van de gaarkeukensoep nauwlettend in het oog alsof hij hem, Arnold, ervan verdacht daarvan stiekem een volle eetlepel naar binnen te hebben geslokt. Kleinzielige ruzies ontbrandden waarvan hij het bespottelijke inzag: twee rechtsgeleerden die elkaar een aardappel of een stuk suikerbiet betwistten.

Op de tiende dag van zijn verblijf bewoog de vrijgezel zijn dunne lippen en toen kwam daar de boodschap uit die Arnold al had gevreesd: hij moest weg. Simon kon zijn aanwezigheid niet langer verdragen, afgezien nog dat het levensgevaarlijk was iemand die door de Gestapo werd gezocht onderdak te verlenen. Bovendien diende hij, Simon, de kachel nu voor twee te stoken om het voedsel gaar of tenminste eetbaar te krijgen en de ruimte warm te houden. Zelf was hij altijd om brandhout te sparen eenvoudigweg in bed gaan liggen.

'Natuurlijk, neem me niet kwalijk,' zei Arnold, 'dat zal ik ook doen... geen probleem.'

Maar terwijl hij die woorden uitsprak besefte hij zijn vergissing. Iedere hap die in zijn mond verdween werkte Simon op de zenuwen.

'Als je wilt zal ik morgen weggaan,' opperde hij niet van ganser harte, 'als het donker wordt.' Hij voelde hoe hij het duistere gat van de stad werd ingedreven.

'Morgen hoeft nou ook weer niet,' mompelde de vrijgezel terug.

En zo gingen er in de schemer van de namiddag wat mompelige woorden heen en weer in een poging van de twee mannen de (schijnbare? kwetsbare?) harmonie te bewaren.

Als een stijf onbeweeglijk pakje, de dekens tot de kin toe opgetrokken en met al zijn kleren nog aan, lag hij in bed. Zijn omhoogwolkende adem die via een kier in het ver- duisteringspapier door het schijnsel van een passerend legervoertuig werd verlicht, gaf aan dat er nog leven in hem zat. Hij moest die oneindige nacht zien door te ko- men van donker tot het eerste licht, en zich gedurende die twaalf, dertien uur de nachtmerries van het lijf pro- beren te houden. Hij ontdekte dat hem dit het beste lukte wanneer hij in zijn geest alle hem dierbare plekken van zijn leven bezocht.

Hij was begonnen met het notarishuis Nieuwmarkt 12 in Den Bosch waar hij was geboren en daarop aanslui- tend het gymnasium waar hij de enige protestantse jon- gen in een klas van uitsluitend katholieke leerlingen was geweest, een outsider, evenals de joodse jongen die de Smous werd genoemd en met wie hij daardoor een duo vormde: de Smous en de Protestantenbonk.

Hoe zou het de Smous vergaan zijn? Had hij tijdig weten te ontkomen? Was hij omgebracht in een vernieti- gingskamp? Hier moest hij zijn gedachten een wending geven om niet in het domein van de fantomen terecht te komen. De opdracht die hij zichzelf had gesteld was: uitsluitend door de straten lopen, door de huizen die hij had bewoond, de gebouwen waarin hij had gewerkt. Hij switchte naar Zierikzee waar hij als kantonrechter zijn loopbaan was begonnen en waar Johanna, zijn geliefde, hem in de weekends kwam bezoeken en waar afkeurende blikken achter tulen gordijntjes naar haar elegante stadse verschijning loerden wanneer zij door de straat voorbijkwam. Die verschijning achter zijn oogleden bracht even een glimlach op zijn verstijfde lippen: die zachte borstjes, die violetblauwe ogen die zij zo smachtend naar hem omhoog kon slaan... En ook nu was ze er nog als een baken in de achtergrond van zijn leven, zij hield zich staande, sterk was ze, misschien sterker dan hij. Zij had hem een boodschap in het binnenste van een knolraap gestuurd: Wij redden ons wel, maak je niet ongerust. Wij houden van je, alles zal goed komen. Onder de dekens tastten zijn vingers naar haar briefje in zijn borstzak – de uitwerking daarvan was haast net zo weldadig als haar hand op zijn voorhoofd en even had hij toch een wat opgewekter gedachte: misschien overleven we al deze ellende.

Verbeeldde hij het zich of hoorde hij door de nachtlucht in de verte een kerkklok slaan? Alle kerkklokken waren toch immers omgesmolten tot kanonskogels? Het volstrekt in het duister tasten omtrent de tijd was hem een gruwel. Was het twee of vier uur in de ochtend, schoot die nacht met zijn slakkengang nooit op? Hij hoorde zijn horloge, het gouden horloge van zijn vader de notaris op het tafeltje naast zijn bed met delicate stapjes door de tijd lopen. Hij pakte het in zijn hand, knipte het dekseltje open en staarde naar de wijzerplaat zonder iets anders te zien dan een vaag wit schijfje. Maar wat betekende tijd? Zwom hij niet in een tijd die geen begrenzing kende, dreigde hij daar niet in op te lossen? Alleen het smalle vingertje van de secondewijzer had een stem, het was een kleine zeer nauwkeurige machine die minieme deeltjes van de tijd afsneed en achter zich neergooide. Toch begon het dunne wijzertje altijd weer opgewekt aan een nieuwe cirkelgang. En ondertussen kromp de tijd. Had de ter dood gebrachte Dons of Hülsmann nog op zijn horloge gekeken en berekend hoeveel rondgangen van de kleine wijzer hij van zijn dood was verwijderd? Waren die laatste seconden enorm uitgedijd, vol met elkaar verdringende gevoelens en gedachten? Of waren die seconden ongrijpbaar vervluchtigd zonder dat zij enig inzicht opriepen? Maar nee, op hun horloge had geen van de ter dood veroordeelden nog kunnen kijken, hun handen waren geboeid geweest...

Hij wentelde zich van de ene zij op de andere, trok de dekens over zijn hoofd alsof hij daarmee het visioen kon afschermen, sloeg die vervolgens weer terug omdat hij dreigde te stikken.

Hij dwong zichzelf weer te wandelen in zijn geest. Wandelen door het Vondelpark, door de lente, door de herfst naar het gebouw dat het middelpunt van zijn leven had gevormd: het Gerechtshof aan de Prinsengracht. Hij beklom de treden van het bordes of, wanneer hij in zijn verbeelding met de fiets kwam zette hij die tegen de pui. Fietsendieven waren een zeldzaam verschijnsel en wie zou zich wagen zo dicht bij het hol van de leeuw? Hij groette de griffier, liep de trap op naar zijn werkkamer waar zijn secretaris wachtte om hem ergens over aan te spreken. Je zag aan diens ogen dat de man er het zijne van dacht en alle hebbelijkheden van de heren die in hun zwarte toga's door de gangen zeilden, van hemzelf incluis, meende te doorzien.

Hij zag de klerken door de gangen schuifelen om papieren van gewicht van de ene naar de andere kamer te brengen, zag de advocaten en officieren van justitie samenscholen om gedachten uit te wisselen. Toch kwam dit vertrouwde beeld dat hij opriep hem onwerkelijk voor. Kon het mogelijk zijn dat de gebruikelijke rechtsgang nog zijn loop had? Of had de Gestapo het gebouw in beslag genomen? Onmogelijk, het Paleis van Justitie verdroeg geen Gestapo. In zijn verbeelding veegde hij de kamers van de ambtenaren leeg, de rechtszaal waarin vonnis werd gewezen – alles veegde hij leeg. Zo moest het zijn: een leeg bolwerk van gerechtigheid midden in de tot ondergang gedoemde stad, een lege kinkhoorn waarin enkel het voormalig stemgeruis van magistraten nog even rondgonsde en vervolgens stilviel.

Hij beeldde zich in hoe hij zijn werkkamer binnentrad waar zijn toga en baret achter het kamerscherm hingen, zijn baret voorover geknakt als het hoofd van een gehangene. Zou hij ooit die toga nog aantrekken en daarin rondlopen als de schim van zichzelf? Zou hij nog vonnis kunnen wijzen over burgerlieden die verhoudingsgewijs onbeduidende delicten hadden gepleegd? Hij zag ze ang-

stig, stug of onverschillig tegenover zich in de beklaag-
denbank zitten, de kleine misdadigers die diefstal of frau-
de hadden gepleegd, die hun vrouw of medeminnaar het
ziekenhuis in hadden geslagen, een enkeling daartussen
met een dood op zijn kerfstok, doodslag of moord, crime
passionel of moord met voorbedachten rade, hij zag die
hele stroom van grauwe anonieme gestalten voorbij pa-
raderen, de honderden die hij veroordeeld had in steeds
dichtere formaties langs schuifelen en daarachter en
daarboven verrees tegen een bloedrode lucht het gigantische verslindende monster dat Goya in zijn *Desastros de
la Guerra*, zijn visioen van de oorlog, had geschilderd: het
mensetende monster dat zijn bloedige muil opensperde
om een mens aan stukken te scheuren. Datzelfde vrees-
wekkende monster hing nu boven de bezette stad, diens
enorme aanwezigheid voelde hij in de stilte van de nacht
boven de huizen hangen waarin al die machteloze mensen zich schuilhielden. Maar dit monster, het nazimon-
ster, had geen duizenden, maar miljoenen slachtoffers
tussen zijn kaken vermalen. Het had de oude orde ver-
stoord en de door wijze mannen geconcipieerde rechtspraak aan flarden gereten.

Hoe zou je ooit nog, dacht hij, in een wereld die dit
wangedrocht heeft voortgebracht en gevoed, een vonnis
kunnen vellen over klein geboefte of een stumper die een
misstap heeft begaan?

Toch prijkte onveranderlijk op de schoorsteenmantel van
zijn werkkamer het marmeren beeld van de geblinddoek-

te Vrouwe Justitia, zijn leidsvrouw, met de weegschaal in de ene en het zwaard in de andere hand.

'Waarom heeft die mevrouw een blinddoek voor?' had Onno als vijfjarig ventje gevraagd toen hij eens bij zijn vader op bezoek kwam – die wilde altijd het naadje van de kous weten, had hij gedacht.

'Omdat die mevrouw recht moet spreken over iemand die iets slechts heeft gedaan. Maar ze wil niet weten wie dat is, of hij mooi is of lelijk, rijk of arm, of hij een prins is of een bedelaar. Zij wil alleen maar weten wat voor slechts die persoon heeft gedaan en dan zegt zij wat voor straf hij heeft verdiend.'

'Kan die mevrouw hem met dat zwaard zijn kop afslaan?'

'Nee, ze gebruikt haar zwaard nooit. Dat heeft ze in haar hand om te laten zien dat er niet met haar valt te spotten.'

'Krijgt die prins dan net zo'n erge straf als de bedelaar?' ging Onno door met vragen.

Hij had toen gemeend dat zijn kind een onderzoekende geest bezat en zin voor rechtvaardigheid. Dit gaf hem het gevoel dat zijn zoon naar hem aardde en dat deed hem plezier. En hij had geantwoord, willens en wetens bezijden de waarheid: 'Ja, de prins krijgt net zo'n zware straf als de bedelaar.'

Plotseling sloeg een hete golf van verdriet door hem heen en brak binnen in zijn verkild gemoed, vanwege dat ventje van vijf jaar dat hij verloren had, dat zoekgeraakt was in het tumult van deze tijd, de lawine van vreemde ophitsende denkbeelden. Zijn zoon, bloed van zijn bloed. Maar zijn zoon was nu nog slechts het omhulsel van zijn zoon en daarin had een onbekend personage zijn intrek genomen, een harde gewetenloze persoon. Gewetenloos? Of was hij geïnjecteerd met de verkeerde misselijkmakende slogans over een superras en over Untermenschen? Welke proleten hadden dat gedaan? Hoe was het zo ver gekomen? Hij tastte terug in zijn herinnering naar de eerste signalen, zonder die te kunnen traceren. Het kwam hem voor of zijn zoon van de ene dag op de andere in een vreemde was veranderd, zo omstreeks zijn zestiende. Wat kon daaraan vooraf zijn gegaan in hun beschermd familieleven, nog voordat de oorlog uitbrak? Johanna had hem vaak verweten dat hij zich te weinig verdiepte in de geestelijke ontwikkeling van zijn kinderen, dat hij, zodra zich een probleem voordeed, onzichtbaar werd en zich terugtrok achter zijn bureau. Had hij schuld? Had hij zijn vaderplicht verzaakt? Mogelijk, maar duidelijk werd hem dit toch niet. Waarom kon een kind zich niet normaal ontwikkelen wanneer hij in zijn jonge jaren het goede voorbeeld kreeg en in een harmonieus gezin opgroeide? Hij had Johanna altijd overdreven gevonden met haar gepieker. Zij had zichzelf veel ellende aangedaan met haar verwijten en zelfverwijten, echt iets voor een vrouw om zich daar zo intensief mee bezig te houden. Nee, ze had hem geen schuldcomplex kunnen aanpraten. Integendeel voelde hij in plaats van schuld dikwijls verbittering omdat zijn zoon, zíjn zóón, een smet op zijn blazoen had geworpen, een smet die nooit kon worden weggewassen... Dons en Hülsmann waren als honden neergeschoten en hij, hij had een zoon die heulde met de vijand.

Plotseling zag hij het verbeten gezicht van Onno in het duister opdoemen. De ellendeling had hem zelfs verwijten durven maken en hem toegevoegd dat hij niets dan een bang burgermannetje was, een gehoorzame hond die aan de leiband liep van die wereldvreemde heren van de Hoge Raad. Enorm uitvergroot verschenen de woorden die Onno hem had toegebeten voor zijn geestesoog: LAF was hij geweest, EERLOOS, iemand die geen keuze had durven maken, die zich drukte.

In ademnood geraakt gooide hij de dekens van zich af en liep op kousenvoeten naar het raam om de kou te voelen van de vriesnacht achter het glas. Hij speurde door een kier in het verduisteringspapier naar iets dat licht gaf, misschien de maan of een eerste schijnsel van de dageraad, maar zag niets van dien aard. Heen en weer liep hij door het donkere vertrek, gekooid door zijn gedachten. Hoe kon hij ooit ontkomen aan deze infame tijd, deze augiasstal, waarin zijn zoon verdwaald was geraakt, meegelokt door de verdoemelijke nazihetzers.

Hij moest zich aan zijn eigen haren uit dit smerige moeras zien te trekken, hij moest weer vaste grond onder de voeten zien te krijgen. Hij ging op zijn bed zitten, zijn voorlopige bed, hem voor korte tijd grootmoedig afgestaan. Hij moest dankbaar zijn... Eigenaardig woord: dankbaar, teruggebracht tot het allerelementairste begrip, dankbaar omdat je nog ademhaalt. Hij steunde zijn hoofd in zijn handen, ellebogen op de knieën. Zijn hoofd voelde zo zwaar, een droomvlaag ging door hem heen dat zijn hoofd een loden kogel was, alles binnen die schedel gestold was tot lood. Hij probeerde zich een voorstelling te maken van Johanna. Ergens was er toch nog een Johanna in zijn leven, en kinderen... hij moest dichterbij zien te komen, bij die gestalten die nog leven vertegenwoordigden.

Het zou gemakkelijker zijn dood te zijn zoals Dons en Hülsmann, onschuldig neergeschoten schimmen met ketens rond hun polsen, een tweeling in de dood. Zouden ze samengeketend voor Petrus aan de hemelpoort verschijnen, tweelingzielen door hetzelfde fatum weggevaagd? Binnen in zijn loden hoofd zag hij Johanna glimlachen, ja, die geloofde nog in Petrus, die geloofde nog dat er rechtvaardigheid bestond, niet hier op aarde maar misschien ergens in hoger sferen. Maar ik zal in het vagevuur moeten branden, Johanna, ik moet branden.

Was hij laf geweest? Het was waar dat hij zich altijd gehouden had aan de uitspraken van de heren van de Hoge Raad, het hoogste Rechtscollege. De ambtenaren van de Rechterlijke Macht, zo hadden de heren beslist, werden gesommeerd niet in staking te gaan noch in het verzet, zij dienden op hun post te blijven omdat anders NSB'ers hun opengevallen banen zouden innemen waardoor er chaos in het land zou ontstaan. Chaos wanneer er geen eerlijke rechtspraak meer bestond, geen beleid van rechtschapen gestudeerde mannen, er zou willekeur gaan heersen en de nieuwbakken rechtsgeleerden zouden onder één hoedje spelen met de vijand en de jeugd corrumperen met hun leugens. Hij had van twee kwaden de minste gekozen, meende hij. Was die keuze de juiste geweest of had hij zich halverwege moeten bezinnen, zeker toen de jodenvervolging een aanvang nam? Had hij ooit zijn huid geriskeerd? Verdiende hij nog wel de hoogdravende aanspreektitel: Hoogedelgestrenge?

Verloren eer komt moeilijk weer. Let op uw eer en houdt haar net, het witste kleed is het eerst besmet – al die gezegden uit een andere wereld, een wereld die kopje onder was gegaan... Hij voelde dat zijn oude wereld nooit weerom zou komen, dat hij, zo hij al zou overleven, een achtergeblevene zou zijn, een fossiel.

Maar een nog verontrustender gedachte bestookte hem. Was er iemand in zijn plaats vermoord? En zo ja, wie kon dat zijn geweest? Het procédé hield gewoonlijk in dat het aantal prominenten dat moest worden geliquideerd en ook het tijdstip waarop, van tevoren werden vastgesteld, en Duitsers zouden geen Duitsers zijn wanneer ze daarvan afweken. De blunder dat zij hem hadden laten ontsnappen moest worden goedgemaakt en de tijd drong, *Befehl ist Befehl.* En dus moesten zij ijlings een bruikbaar slachtoffer uit de gevangenis hebben gehaald en naar het plantsoen op de Apollolaan, de plaats van executie, gebracht.

Keer op keer, beseffend hoe zinloos dit speuren naar de bewuste persoon en de juiste toedracht was, gleden zijn ogen over de namen van de Bekanntmachung. Was het de leider van een verzetsorganisatie, J. Bak? Of de communistische arts C.W. Ittmann? Het moest die arts geweest zijn, vermoedde hij. Communist zijn was sowieso een doodzonde. Heb ik het leven van een andere man gekregen? Als de oorlog ooit beëindigd wordt moet ik daar onderzoek naar doen. Wat die man voor denkbeelden heeft gehad, of hij in het verzet zat, of hij vrouw en kinderen achterliet – ik loop in de schoenen van een dode, dacht hij.

's Nachts droomde hij daarvan, zag hij een schim, een geketende gestalte, en tegelijkertijd was hij dat zelf, zag hij het gouden vestzakhorloge van zijn vader, de notaris, op zijn buik hangen, zag hij hoe zijn eigen hand het gouden klepje aan de achterkant opende om naar het raderwerk en het tikkende hamertje te kijken. Het hamertje werd groter, tikte zwaarder, zwaarder alsof er een doffe moker in zijn handpalm hamerde – tot een explosie hemzelf en alles rondom uiteen deed spatten. Schreeuwend ontwaakte hij, badend in zijn zweet.

Simon, zijn gastheer, beklaagde zich daarover: 'Met dat geschreeuw verraad je mij, dat wordt te gevaarlijk.' Arnold begreep dat de maat vol was. Hij moest weg en dus sjokte hij zonder bagage, in de schemer van de namiddag, naar een mogelijk onderduikadres en vandaar weer naar een ander adres, hij was een ongewenst persoon, begreep hij, en moest opeens aan een verdwenen joodse collega denken. Waar bevond deze zich nu?

Hij voelde hoe hij een fatale grens naderde en kreeg de

neiging om ergens in het Oosterpark onder de struiken te gaan liggen en te slapen, slapen.

DE DODENSTAD

Met vette rode verfletters stond een kartonnen bord dat aan een boom was gespijkerd zijn boodschap te seinen: DURCH KAMPF ZUM SIEG.

Zijn blik gleed erlangs, maar voor het eerst wekte die leuze geen enkele geestdrift bij hem op. De rode woorden kwamen nergens aan, vielen als dode vogels uit de lucht. Sieg? Waar bevond zich die SIEG? Waar hield hij zich op? Niet hier waar verlatenheid tussen de kale bomen hing en lege boerderijen met hun dode raamogen over de akkers staarden. En waar hingen hun medestrijders uit, de duizenden NSB'ers die volgens de beweringen samen met hen de onneembare vesting zouden bouwen die de ondergang van de Engelsen zou inluiden? Moesten zij, de Jeugdstormers, geholpen door hooguit een handjevol Arbeitseinsatzknapen hier de verdedigingswerken optrekken, hier in deze negorij waar slechts een enkele granaat overheen huilde als een ellendig jankende hond? Die woorden: DURCH KAMPF ZUM SIEG, kwamen hem opeens leugenachtig en hol voor, een gevoel van wrok sloop bij hem binnen.

In de bocht van de weg kon hij het grasland langs de oevers van de IJssel zien. De brug was opgeblazen en lag in het water, steenhopen, verwrongen staal, half afgebroken pijlers vormden een barrière waartegen wrakhout en samengedreven bootjes in het smerige water schommelden. Voor de rest niks, absoluut niks. Alleen een paar telegraafpalen, schuin overhellend of geknakt, leken in de opkomende mist heen en weer te zwaaien als verontruste spooksels. Het rook er naar akkers, naar locomotiefrook, ergens blikkerde een stuk glas in een raamsponning als een noodsignaal, vonkend in het laatste schijnsel van de ondergaande zon.

Dit was het welkom dat Arnhem hun bereidde: grauwheid, desolaatheid.

Aan de horizon tekende de voorstad zich af als een laaggebergte van ruïnes en dakloze huizen; uitgezonderd een schamel lichtje in een souterrain en een zieltogend sliertje rook uit een schoorsteen vielen er geen tekenen van leven te bespeuren. Schoorvoetend liepen ze verder, de groeiende duisternis in hun rug duwde hen met onverbiddelijke drang verder. De modderweg die ze waren gevolgd veranderde in een klinkerweg, een boerenkar draaide hun kant op en uit pure opluchting staken zij hun arm omhoog om de voerman te groeten, maar de ineengedoken gestalte bewoog zich niet. Het was of er een dode op de bok zat.

Onverhoeds bleek de stad toch naderbij gekomen. De neiging overviel hen te blijven stilstaan, hun adem in te houden, zozeer leek de stilte in het steenlandschap op de stilte van een kerkhof. Onno voelde hoe het zweet uit zijn haren in zijn nek liep; uit alle macht zette hij zich schrap om op de been te blijven. De anticlimax was te groot. Bij een stad denk je aan bedrijvigheid, stemgeluid, niet aan doodse stilte, de grijsheid van een rouwsluier.

Schuw om zich heen kijkend liepen ze langs tuinen vol versplinterd hout, van een schuur, een kippenhok misschien, van balken, meubels, uiteengereten bomen; de bloembedden bloeiden met rode bakstenen in grijs puin. Ze kwamen voorbij een getroffen kerk – door gaten in het dak kon je de dakspanten zien als graten van een vis, de leikleurige pannen leken op vissenschubben, de gotische ramen waren kapotgesprongen. Tot Onno's verbazing werkte de torenklok nog: op dat waanwijze ronde gezicht in de toren wezen de wijzers het juiste uur aan: tien over halfvijf, alsof er geen verwoesting, geen desolate stilte aan zijn voet lag. Punctueel deed het uurwerk zijn plicht, met ongenadige tred lopend door de tijd.

Als natte zwerfhonden liepen de Stormers langs de kerk. Waarheen waren ze onderweg? Waar vonden ze onderdak voor de nacht? Hun schaarleider, een puisterige jongeman amper ouder dan de jongens waarvoor hij verantwoordelijk was, leek ook niet bijster zeker van zijn zaak.

Arnhem, de Dodenstad. Arnhem, het Oord van Verschrikking.

Kringleider Jol had hen niet misleid toen hij de macabere toestand van de stad schilderde. Maar waar was de man zelf? Hij had de leiding van hun expeditie aan een melkmuil overgelaten, dacht Onno vol bitterheid, altijd hadden de hoge heren iets gewichtigers te doen dat hun aandacht, zo niet hun aanwezigheid dringend opeiste; zodra het uur van de waarheid aanbrak waren zij verdwenen.

Ze liepen langs een trambaan, onmiskenbaar teken van menselijke bewoning, doken een nauwe steeg in waar een rij huizen onder hun muts van puin en kapotte dakpannen nog overeind stond. De schemer stroomde al door de straat, vermengd met de blauwige duisternis van de nacht. Ze voelden het donker achter zich groeien. Hun schaarleider kon de straatnaambordjes moeilijk lezen, vele daarvan waren beschadigd of verdwenen, de anonieme straten kronkelden als wormen door het gehavende stadsdeel. Ten einde raad klopte de schaarleider op een zwak verlichte ruit en bereikte, na herhaalde pogingen, dat er een deurtje in het onderhuis openging, waaruit een arm naar buiten werd gestoken die zwaaiende bewegingen maakte, kennelijk met de bedoeling hem de richting aan te duiden die zij moesten volgen om hun bestemming te bereiken.

Onverwachts opende zich een bredere straat waaruit een broeierig rumoer opklonk. De doodsheid van de stad werd doorbroken door stemgeluid dat uit een kroeg opsteeg vermengd met flarden muziek. Uit de rokerige locatie kwamen Duitse soldaten naar buiten, omstrengeld door hun liefjes voor één nacht. Vlagen warmte sloegen de Stormers door de koude winternacht tegemoet en deed ze ontwaken uit hun apathie, hun gezichten werden rozig verlicht door het flikkerende schijnsel van een lichtreclame dat schuin door de straat viel, ze keken elkaar aan, voor het eerst zagen ze elkaars gezicht weer in het licht van een bioscoop. Een fenomeen uit een ander tijdperk. Onno voelde zich opeens teruggeworpen in zijn puberjaren, toen hij iedere cent van zijn zakgeld spaarde om naar de film te kunnen gaan, naar Tuschinski of naar de Cineac, waar je het wereldnieuws kon zien, de schitterende Duitse legers die optrokken naar Rusland, de tanks, de vliegtuigen met de swastika op hun staart. In een bioscoop zitten betekende vergetelheid, weggeblazen worden uit je daagse sleur en je vol laten lopen met visioenen van strijd en van liefde.

Hij staarde naar de verlichte letters: hier, in de Dodenstad draaide nota bene een film: *Die Wirtin aus dem schwarzen Rössl...* Geen heldenepos, maar een oubollige Duitse rolprent, niettemin een film. De Stormers verdrongen zich voor de uitstalkast om de foto's te bekijken, opeens waren hun bravourestemmen terug met de hun geëigende symptomen van de baard in de keel: 'Kom op lui, laten we naar de Wirtin gaan... In geen eeuwen heb ik een lekkere meid gezien!', 'Je mag toch een laatste wens doen voordat je naar het schavot gaat? Ik wil de Wirtin!'

Dagenlang, wekenlang zou het duren dat *die Wirtin* in hun hoofden bleef rondspoken. Degenen die zo fortuinlijk waren twee of drie uur geen dienst in de dag- of nachtploeg te hebben gingen naar De Zeven Molens om die Wirtin te zien. Anderen, die dit geluk nog niet hadden gesmaakt, droomden ervan hoe zij op de versleten bioscoopstoeltjes zouden zitten en het oude pluche aan hun billen zouden voelen, op die stoeltjes die de zoetheid, de smerigheid en de heimelijkheid bezaten waarmee geen enkele stoel ter wereld kon wedijveren, en hoe ze daar in het donker naar hun gulp zouden tasten om zich af te trekken, geheel en al in de ban van de ongrijpbare verschijning van de Wirtin, opgetrokken uit illusie en lichtschijnsel.

Kleine witte handen had ze – dat was het eerste wat hem aan haar opviel. Witte handjes waaraan de nagels glansden als schelpen. Schone nagels, iets verbazingwekkends in deze smerige stad, net zoals die witte handjes verbazingwekkend waren en de kuiltjes in haar ronde wangen, het was alsof je zomaar midden in het puin een bloem zag bloeien, een volstrekt gave bloem.

Zij zat achter de kassa van De Zeven Molens. Steeds opnieuw was hij een kaartje gaan kopen ook al had hij de film zes keer gezien, maar hij had zijn smoes altijd klaar met de bewering dat hij dat kaartje voor een vriend moest kopen die niet in de gelegenheid was dat zelf te doen.

Een lekker ding, vonden zijn vrienden haar, maar nog wel een kind, een onnozel grietje. Zijzelf waren meer geïnteresseerd in de Duitse meiden met grote borsten die in de gaarkeukens werkten. Persoonlijk hield hij niet van grote borsten, hij herinnerde zich hoe hij eens met zo'n dikkerd had gedanst en toen moeite had gehad zich die warme dikke kussens van het lijf te houden. Enkele Arbeitseinsatzjongens die al door de wol geverfd waren, waagden zich van tijd tot tijd in een bordeel dat zijn deuren nog niet had gesloten. Wel werden hun bezoeken sporadischer omdat ze gaandeweg te uitgeput raakten om nog erotische escapades uit te halen. Maar toen ze nog maar kort in Arnhem waren gestationeerd hadden ze veel aardigheid in de hoeren, wel moesten ze genoegen nemen met de derde of vierde keus omdat de Duitse militairen hen tot achter in de rij drongen. Niettemin kwamen ze met sterke verhalen terug alsof zij een nacht in een spelonk uit de Duizend-en-één-Nacht hadden doorgebracht hoewel ze amper een kwartier binnen waren geweest, berekende Onno; die hoeren hadden wel iets beters te doen dan melkmuilen af te werken die niet veel voorstelden, noch in bed noch waar het hun portemonnee betrof. Toch waren er zo'n drie of vier jongens die zich als habitués gedroegen.

'Ga je mee, Lodewijk?' vroegen ze met zo'n eigenaardig trekje om hun mond, zo'n spottend glimmertje in hun oog. 'Kom op, jongen, je bent toch geen homo?'

'Ik heb geen trek in een afgelikte boterham,' gaf hij ten antwoord op die afgemeten toon waarop hij patent had. Inwendig woedend, maar uiterlijk beheerst zag hij hoe ze schokschouderend vertrokken. Ze hadden nog altijd ontzag voor hem, dat voelde hij. Hij mocht dan geen schaarleider zijn, maar toch een bijna-schaarleider, en als Dolle Dinsdag geen roet in het eten had gegooid dan had hij zijn opleiding afgemaakt en was hij nu op weg vaandrig te worden. Daarenboven droeg hij nog steeds zijn Landstormuniform – althans wat daarvan over was want de laarzen waren gejat, maar sedert kort droeg hij beenkappen van de marechaussee en die gaven toch ook iets ontegenzeggelijk imponerends aan zijn verschijning. Kleren wisselden voortdurend van eigenaar, kleren waren er bij de vleet, die werden bijeengescharreld in verwoeste huizen; in verlaten villa's, waaruit de bewoners hals over kop vertrokken waren, had je de beste kans om iets fraais of bruikbaars te vinden, zo liep een van de NSB'ers te pronken met de fantasiebroek van een zekere Jonkheer van Nispen tot Levenaar aan zijn achterste.

Uit angst dat het hem ontstolen zou worden bewaakte hij zijn Landstormjasje als een Cerberus, 's nachts in het stro ging hij erbovenop liggen slapen hoewel de knopen hem pijnlijk in rug en billen priemden. Veelal was zijn slaap echter na het zware werk aan de loopgraven zo diep en droomloos dat hij er niets van voelde en hij evenmin de kanonnen hun dodenmars hoorde roffelen, mogelijk ook omdat dat gedreun iets vertrouwds en verdovends had gekregen. Daarentegen werd hij klaarwakker wanneer de oorlog zweeg en er een stilte neerdaalde die veel weg had van de rochelende ademhaling van een zwaar zieke die opeens is opgehouden – je hebt het niet direct bemerkt en je luistert in dat onverhoedse gat van geluidloosheid of die rochel zal worden hervat. Maar nee, niets, einde...

Wat kon dat betekenen? Waren de Duitsers soms in het holst van de nacht vertrokken en waren zij, de Stormers, de loopgraafslaven, moederziel alleen achtergebleven in hun modderige verdedigingswerken die zo week waren als pudding? Dan lag hij in het stro boven op zijn pijnigende uniformknopen te luisteren of er geen blaffend antwoord kwam uit een of andere vuurmond, of er geen granaat door de lucht gierde en ergens een explosie klonk, en zo, luisterend naar het niets in de lege nacht, viel hij in een soort halfslaap en zag hij de kleine witte handen met die soepele vingers die de geldstukken een voor een oppakten en hem zijn kaartje toeschoven. Hallo, zou hij zeggen, hoe heet je? Ik vind dat je mooie handen hebt... Waarom ben je hier? Weet je wel hoe ze Arnhem noemen? De Dodenstad. Voor mij is het iets anders, ik moet hier zijn. Wij werken aan een onneembare verdedigingslinie rond de stad. Wist je dat wel? Zit je hier de hele avond achter dat loket? Wanneer ben je vrij? Zullen we iets gaan drinken in de kroeg? Of ga je liever met me dansen?

Niet dat hij een goede danseur was, hij had het nooit aangedurfd zijn partner dicht tegen zich aan te drukken, ook was hij wat stijfjes. Maar de witte meisjeshand zou zich op zijn schouder vleien, vol goed vertrouwen, en de andere zou hij in de palm van de zijne houden, misschien zouden de kuiltjes in haar wangen verschijnen, misschien zou ze een ogenblik met haar hoofd tegen zijn borst leunen... Was ze eigenlijk klein van stuk of juist lang? Hij had haar nooit buiten het loket gezien, nu ja, wat gaf het, als ze lang was zouden ze wang aan wang dansen.

MEINE EHRE

De dagen draaiden als een mallemolen in de rondte. Door het duister van de nacht en dan weer door het schemerlicht dat voor dag moest doorgaan, en vervolgens weer door het duister van de nacht. Een deuntje zeurde door zijn hoofd: *das Karussell dreht immer, immer rund umher*, hij kon het niet kwijtraken: *immer, immer rund umher...* In die eentonige rondgang zat hij gevangen: één week loopgraven spitten bij nacht, de volgende week spitten bij dag als het tenminste niet al te roerig was aan het front. In de nacht scheerden zoeklichten langs de hemel en zetten het slapende landschap enkele ogenblikken in een bleek zilverig licht dat het een onwerkelijke aanblik gaf alvorens het weer in duister te dompelen. Ook hier draaide eenzelfde carrousel. Geschutsprojectielen vlogen over hun hoofden en sloegen ergens in, daar raakte je aan gewoon; achter een stukgeschoten trein stegen met regelmatige tussenpozen rode ballen de lucht in met bijbehorende muziek: bang, pabang pabang, pah pah pah! Een ander verrassend vuurwerk zette de laaghangende wolken in gloed toen het getroffen gebouw van Vroom & Dreesmann afbrandde en de vlammen loeiend omhoogsprongen; zelfs van aanzienlijke afstand konden ze het donderend neerstorten van vloeren en balken horen. In nachtelijke uren vormde de brand een nuttige lichtbron waarbij ze zich goed konden oriënteren.

Iedere avond zodra de schemering inviel glibberden zij naar hun stellingen om te gaan spitten. In het donker was het een komen en gaan van groepjes mannen, er klonk geglij, gevloek, het vallen van lichamen en geschuifel over de planken die over de loopgraven waren gelegd, de regen maakte de modder spekglad.

Een loopgraaf spit je niet op dezelfde manier als een willekeurige kuil. De breedtemaat van je loopgraaf moet gelijk zijn aan de lengtemaat van je schop, luidt het voorschrift, een wet waarvan je niet mag afwijken. Je tachtig centimeter lange schop kun je gebruiken als meetinstrument. De diepte van je loopgraaf moet tweemaal je schoplengte zijn, dus één meter zestig, zodat je over de rand heen de vijand kunt bespieden en je geweer richten, anderzijds weg kunt duiken zodra er vijandig vuur wordt geopend. De wanden van je loopgraaf dienen te worden verstevigd met plaggen die je van de bovenkant af moet steken.

Spitten bij nacht is een beroerd karwei, overdag heb je tenminste wat afleiding. Bij helder weer zie je Lancasters voorbijrazen en snelle Lightnings als valken op hun prooi neerschieten en kun je duidelijk waarnemen hoe de bommen zich van de machines losmaken en als zilverwitte parels naar beneden vallen. Vervolgens hoor je de klappen in de verte resoneren en zie je hoe paddestoelen van rook en stof uit het landschap omhooggroeien. De Duitsers van hun kant lanceren hun spiksplinternieuwe v2's die knetterend als motorfietsen of vliegende soldeerlampen door de lucht bulderen. Een van die monsters stort neer midden in de stad, tot honderd meter in het rond zit de pulver tegen de muren en van de omliggende huizen is niets meer over. Het zijn effectieve wapens, zoveel wordt duidelijk. Tegen het eind van de week barst een hoopgevend Duits offensief los, het vuur wordt steeds fantastischer, in golven denderen de logge gevaarten over hun hoofden en ten oosten van Arnhem stijgen v2's op als een bedenksel van Jules Verne, met lange witte staarten van condens – alles richting vijandelijke kampen.

Vol bewondering tuurt Onno naar dat vernuftige nieuwe wapentuig, zijn hart klopt in zijn keel: dit zijn de verkondigers van de overwinning, dit zal de geallieerden een lesje leren! De overwinning is nabij, de zegepraal! Zijn ogen worden vochtig bij dat antieke maar glorieuze woord: zegepraal, vernieuwde kracht stroomt door zijn lichaam, hij voelt hoe zijn spieren hard zijn geworden, zich hebben aangepast aan de zware arbeid. Dit is wat hij altijd heeft gewenst: zichzelf harden zonder zich te sparen om daardoor op een hogere trap van perfectie te komen, weg van het beschermde burgerleven dat een slappeling van hem had gemaakt. Met lichaam en ziel heeft hij zich in dienst gesteld van de ideeën van de Führer, van diens grootse visie op de wereld en nu behoort hij tot het legioen dat zal triomferen over die arrogante Engelsen en zwijnen van bolsjewieken. Als een koorts verhit zijn opwinding het bloed in zijn aderen, want hij staat er middenin, midden in de veldslag die als een keerpunt in de geschiedenis te boek zal staan.

Kerstmis kwam naderbij. Kerstmis hier aan het front was een onwezenlijk begrip uit een voorbij bestaan. Onno had het altijd een ellendig verplicht feest gevonden. Zelfs als jong kind had hij er een hekel aan gehad omdat zijn moeder het habijt van heiligheid leek aan te trekken en zich een air van liefdevolle vergevensgezindheid aanmat. Weken tevoren stak zij al kaarsen aan, iedere dag één meer ter ere van de adventviering en vertelde daarbij verhalen over de geboorte van het Christuskind. Ze wilde haar gezin bij elkaar rapen, ze verlangde saamhorigheid en goede wil, ze hoopte de gezinsleden weer samen te breien tot het ideale gezinnetje door middel van stichtelijke verhalen en kerstkrans. Er moesten kerstliederen worden gezongen die zij geestdriftig begeleidde op de piano. Onno reageerde steevast gereserveerd en onttrok zich zoveel mogelijk aan de rituelen, hij voelde geen behoefte de brave oudste zoon te spelen.

Hier aan het front echter werd tot zijn verheugenis niet Kerstmis maar het feest van de Midwinterzonnewende gevierd en de levensboom verlicht. Niettemin gooide de oorlog roet in het eten want in de middag werden ze opgeroepen om de spoorweg bij De Steeg te repareren die door de Engelsen was gebombardeerd. Gedurende de dagen rond de Zonnewende bleef het donker, de regen miezerde in een grijze wereld en ook binnenshuis bleef alles grijs omdat de elektriciteit was uitgevallen. In de ochtend stonden ze op bij een walmende kaars en 's avonds rolden ze zich in hun paardendekens bij eenzelfde druilerig licht. Grijze boterhammen aten ze met grijze margarine en grijze worst, alles grijs. Tot op een dag sneeuw naar beneden kwam vallen die met dikke vlokken de grijze wereld in korte tijd kleedde in een oogverblindend wit.

Hoewel hij verondersteld wordt te slapen voordat zijn nachtploeg weer moet aantreden, blijkt slapen ondoenlijk, zijn geest is te onrustig. Hij verlangt slechts één ding: naar buiten stappen om die koude sneeuw op zich te laten neervallen, weg van dat stinkende schoollokaal waarin ze onderdak hebben en waar hij in het klamme stro heeft liggen woelen tussen de luizen die zich wellustig en ongestraft vermenigvuldigen. Met het gesnurk van zijn kameraden nog in de oren stapt hij een onvoorzien stille wereld binnen. Geen geluid van explosies, geen mitrailleurgeratel, zelfs niet het gesputter van de v2's doorbreekt de stilte, enkel het gegrom van een legertruck die zich door de sneeuw ploegt treft zijn oor. Koning winter heeft elk gerucht verstikt, alleen ver geblaf van een hond handhaaft zich nog maar lijkt vrij in de ruimte te zweven, losgeraakt van zijn oorsprong. Aan de voet van de Grote Kerk liggen zonderlinge besuikerde vormen van ruïnes als de fata morgana van een oosterse stad, geestverschijningen van berijpte bomen staan met hun takken omhooggestrekt, verstard in hun dans tegen de loodblauwe lucht. Alles wat niet wit is tekent zich zwart af in de vorm van houtskooltekeningen op wit papier, alleen het bos in de verte heeft zich in een lila waas gehuld. De oorlog slaapt, de sneeuw heeft de oorlog gesmoord in zijn stille donzige deken.

Diep inademend blijft hij staan en spert zijn mond open, voelt hoe er in die vochtige keelholte koude vlokken naar binnen vallen, op zijn tong en op zijn huig, ze glijden door zijn keelgat, verkoelend, vertroostend; zelfs zijn irritante kuch wordt erdoor gekalmeerd. Hij moet een opwelling onderdrukken zijn kleren los te rukken om naakt in de sneeuw te gaan rollen en met gulzige happen dat koude spul te verslinden om zijn dorst te lessen. Maar stel dat iemand hem zou betrappen, dat hij voor gek verklaard en als halvegare uit zijn arbeidseenheid zou worden gestoten...

Met zijn voetstappen knerpend in de droge sneeuw loopt hij verder, steeds verder naar de buitenwijken van de stad. Om nu loopgraven te spitten zou waanzin zijn, je zou er maar wintertenen van oplopen. Hoe 't ook zij, hier is hij onvindbaar, miljarden dikke vlokken hebben hun gordijn achter hem dichtgetrokken. Met iets plagerigs wervelen kleine tornado's in het rond alsof ze hem uitdagen, ze hopen sneeuwheuvels op waar hij doorheen moet waden, hier aan de periferie van de stad is er van de wegen allang geen spoor meer te vinden. Hij stuit op verspreid liggende villa's, weggedoken in hun witte kraag van heggen en coniferen, hij bespeurt niet het minste teken van menselijk leven, geen afdruk van een voetstap in het sneeuwdek. Een aantal huizen moet zijn getroffen door granaten of brisantbommen, delen van daken zijn ingestort, kapotte ramen staren met hun lege ogen naar de verblindende wereld, traag zwaait een deur in de luchtstroom alsof iemand hem naar binnen wenkt. De bewoners moeten zijn gevlucht of geëvacueerd. Oorlog. Maar hier is de oorlog teruggebracht tot een verpletterende stilte. Hij dwaalt tuinen binnen, loopt rond muren doorzeefd met kogelgaten, wordt verrast door de aanblik van bizarre ijsformaties die op gestolde watervallen lijken of op ijspilaren die omhoog zijn gegroeid en als bevroren bewakers de wacht houden, en dat alles van een roerloze surrealistische schoonheid. Een oud kindersprookje komt hem in gedachten, het sprookje van Andersen over de IJskoningin die kleine Kai betoverde en hem in haar slede wegvoerde naar haar rijk van eeuwige winter. Hij was nooit bijzonder ontvankelijk geweest voor sprookjes maar om dit verhaal had hij in het geheim tranen vergoten.

Hij voelt hoe het zweet in straaltjes langs zijn rug loopt. Heb ik me te veel ingespannen? Misschien moet ik iets eten. Met zijn vingers woelt hij in zijn jaszak waar nog een restant van de chocola moet zitten die op het Zonnewendefeest onder hen is uitgedeeld. Hij kauwt erop, niet veel smaak. Zou het zijn bevroren? Het vriest op z'n minst tien, twaalf graden. De vrieswind blaast door zijn besneeuwde haar en het is of die hem iets toefluistert: ik adem je tot een pop van ijs... Zijn blik blijft maar steeds aan die zielloze huizen gehecht, zijn voeten worden gevoelloos. Dit hier is Rusland, Stalingrad, dezelfde sneeuw, dezelfde dood. Duizenden mijlen is hij door tijd en ruimte gesprongen.

Hij schrikt op uit iets dat een flard van een droom lijkt, slaat met zijn armen rond zijn lijf zoals voerlui doen die verkleumd op de bok van hun wagen hebben gezeten, stampt met zijn voeten om het bloed weer te doen stromen. Nee, dit hier is Holland, het oude gezapige Holland, hoewel het één ogenblik het kleed van winter en dood heeft aangetrokken. Of heeft het onmetelijke Rusland zich uitgerekt en is het hier naartoe gegroeid om zijn lijkwade over Polen, Duitsland en nu ook over Holland uit te spreiden? Hallucineert hij? Is dit een zinsbegoocheling?

Allemaal dwaasheid, de Führer zou geen nederlaag dulden. Nederlaag, een woord dat hij veracht. Het gaat immers goed met de v1's en v2's! *Wir siegen doch...*

Misschien kan hij beter ergens binnengaan, weg uit die bijtende wind. Strompelend door de opgewaaide sneeuw zoekt hij zijn weg terug naar de villa waarvan hij de deur heeft zien openstaan. Behoedzaam, alsof hij iemand kan wekken uit een diepe slaap, schuifelt hij door de gang, niet ondenkbaar dat er zich een deserteur of een afgeschoten piloot in het huis schuilhoudt. Van iedere kamer duwt hij de deur een handbreedte open zonder meteen zelf binnen te gaan om zich ervan te vergewissen dat zich daar niemand verbergt. De stilte handhaaft zich, een stilte overigens die hem niet geruststelt, die niets vredigs heeft, eerder iets sinisters. Glasscherven bedekken de vensterbanken, uiteengereten tapijten en kapotte meubels liggen opgestapeld in een hoek, overdekt met een laag kalk die van het plafond moet zijn gevallen, of is het poedersneeuw die door de gaten van het vensterglas naar binnen is gestoven? Nee, het moet kalk zijn, het ontbeert de fonkeling van sneeuw. Wat doet dit kapotte huisraad hier? Is het huis geplunderd en hebben onverlaten de boel kort en klein geslagen? In de keuken hangt met goedmoedige trouw een dikke boiler boven het aanrecht en hier vallen hem dezelfde bizarre ijsformaties op zoals hij buiten heeft gezien, het komt hem voor of het huis

heeft gebloed met wit ijzig bloed, of een kristallen water-
val heeft uitgespogen: trossen stalactieten hangen over de
gootsteenrand tot op de vloer die in een ijsvloer is veranderd waarop je zou kunnen schaatsen. Hij heeft dorst,
draait onwillekeurig aan de kraan, maar daar komt geen
drup water uit, de leiding moet zijn gesprongen, alles in
dit huis is bevroren, versteend.

Voortgedreven door zijn nieuwsgierigheid rond te dolen in deze door zijn bewoners verlaten villa klautert hij
de trap op naar de eerste verdieping, in de gang ligt een
gele speelgoedbeer met opengereten buik waaruit de vul-
ling als ingewanden naar buiten puilt. In de slaapkamers
liggen dooreengesmeten kleren, ondergoed en schoenen
uit openstaande kasten en laden verspreid over de vloer.
Wonderlijk intiem, onbeschaamd bijna om daar zo tussen te scharrelen en het een en ander op te rapen – zal hij
die schoenen of een paar sokken van de heer des huizes
meenemen? Nee, hij wil zich niet conformeren aan de
plunderaars. Hij raapt een zwart jarretelgordeltje op en
laat het aan zijn vingers bengelen, ruikt eraan; er vormt
zich een beeld in zijn hoofd van de jonge vrouw die dit
gedragen moet hebben, hoe het spande over het zachte
witte vlees van haar buik, hoe de jarretels zich rekten over
haar ronde dijen, even gaat er een rilling door hem heen,
dan gooit hij het gordeltje terug tussen de rommel. Restanten van menselijk leven... had hij zich daar ooit een
voorstelling van gemaakt? In de badkamer staat een badkuip gevuld met een blok solide ijs en daarin zitten twee
rubber badeendjes vastgevroren die naar hem kijken met

pathetische zwarte oogjes. Is het kind snel uit het bad gegrist toen de sirenes begonnen te loeien? Waarheen is het verdwenen? Hij doet een paar stappen en ziet opeens in het voorbijgaan in de spiegel boven de wastafel een onbekend persoon, een bebaard figuur – een insluiper die hem achterna is gekomen? Met een ruk draait hij zich om, naar alle kanten om zich heen kijkend. Er is niemand. Die tronie moet van hemzelf zijn. Via het spiegelglas ziet een andere persoon hem aan en toch onmiskenbaar zijn zelfde eigen 'ik', door elkaar heen geprojecteerd alsof het beeld van die donkere vreemdeling over zijn oorspronkelijke ik is heen geschoven. Natte haren die tot in zijn ogen hangen, een neus die gegroeid lijkt en vanuit een vermagerd gezicht spits naar voren steekt, wangen overdekt met baardhaar. Hij ziet zijn sombere ogen: ligt die donkerte ook over zijn geest? Zijn gezicht is vermoeid en vervuild, niet direct het visitekaartje van een jonge strijder in Hitlers legioen. Is dit een drogbeeld en vertekent dit smoezelige glas zijn gespiegelde beeld? Of heeft de spiegel iets bewaard van de wanhoop en angst van de laatste mens die in dit glas heeft gekeken voordat hij wegvluchtte naar veiligheid of dood en is hij een medespeler in dit onzalige spel? Is hij als een bal voortgerold tot aan dit ogenblik van confrontatie? Het beeld dat hij van zichzelf heeft gehad maakt slagzij, niets resteert van de gesoigneerde bleke jongeman, de intellectueel met de verzorgde handen. Wat hij in de spiegel ziet biedt de aanblik van een landloper, toch is ook die beeltenis maar schijn, want binnen in hem zit de strijder verborgen, de soldaat. Hij kijkt rond in de badkamer of er niet ergens een stuk zeep te vinden is, rommelt in het toiletkastje zonder iets bruikbaars te vinden. Uiteindelijk delft hij het laatste restje chocola uit zijn zak en begint op het spiegelglas de letters te tekenen van zijn lijfspreuk: MEINE EHRE ... voor het overige resteert geen chocola meer, maar Meine Ehre staat er dan toch, hij voelt zich gerehabiliteerd, die sombere landloper in de spiegel heeft zijn waardigheid terug.

VERLIEFDHEID

Na haar werk aan de kassa waren zij de stad ingegaan. Hij voelde weerzin tegen de rokerige volte van de kroeg, hij wilde haar voor zichzelf hebben, weg van de opdringerige lijven van Duitse soldaten of zijn eigen ploeggenoten. Wat was dit: een onverhoedse verliefdheid? Alleen seksuele aantrekkingskracht, of iets anders: een honger naar warmte, de nabijheid van een warm lichaam? Haar kinderlijke benen in fil d'écossekousen onder het korte plooirokje vertederden hem, verrukten hem, evenals haar gave huid zonder een spoor van make-up, een huid die niet was aangetast door het puin en stof van de oorlog. Dat ze zo gaaf was, zo onverbruikt, ontroerde hem nog het meest.

Ze doolden door de geschonden stad, zochten hun weg langs de gaten in opgebroken straten, hij loodste haar, hij was haar gids. Ze liepen onderlangs de kapotte gevels waarachter zich leegte bevond, overal stonden fragiele doorschoten silhouetten in het maanlicht, alleen de kerk, hoewel beschadigd, bezat nog massa. Hij had gehoopt dat ze daar binnen konden gaan, maar de eikenhouten deuren waren vanwege instortingsgevaar vergrendeld. Vond zij het luguber om bij nacht door die verwoeste stad te dwalen? Als dat zo was liet zij het niet merken. Zij duldde zijn arm om haar schouders en leek dat zelfs prettig te vinden, dicht tegen hem aanleunend voor bescherming. Door die zwarte stad, waarin de meeste bomen gebroken of gehavend waren maar waaraan de beginnende lente toch een respons probeerde te ontlokken in de vorm van knoppen aan hun kale takken, zweefde een zoele groeizame lucht die hun bloed sneller deed kloppen. Lente. Ook zij waren kinderen van de lente: negentien en zeventien jaar oud. Een ogenblik scheen de toekomst hem een verlichte glorieuze ruimte toe en in zijn overmoed boog hij zich naar haar over om met zijn lippen haar wang te beroeren. Hij liet zijn hand naar haar kleine soepele borst dwalen en zag de kuiltjes in haar lachwangen toen ze naar hem glimlachte. Eindelijk vond hij wat hij zocht: een bank in een tuintje, overgoten door maanlicht.

Hij voert haar daar binnen, drukt zijn onwennige lippen tegen haar mond die meegeeft; onweerstaanbaar welt er iets in hem op zoals vroeger tijdens zijn driftbuien, maar zoveel zoeter en pijnlijker. Met zijn lippen tegen haar oor fluistert hij: wil je me, wil je me? Op zijn heftigheid voelt hij een lichte verbazing, een aarzelend weerstreven, maar toch zijn daar nog steeds de lachkuiltjes in haar wangen, hij bijt in haar oorlel, in haar hals. Zij uit een schril kreetje dat zijn opwinding aanwakkert. Hij gaat op de bank zitten en klemt haar tussen zijn knieën, voelt haar lichaam, haar zachte buik, de jarretels waarvan hij gedroomd heeft. Hij schuift haar broekje naar beneden en daar tussen de dijen en de jarretels ontmoeten zijn vingers haar geheime bezit, haar poesje, zoals zijn kornuiten die hete veelbelovende plek noemen. Nog niet eerder heeft hij een vrouw op die manier betast, hij is nog maagd. Hij voelt zijn geslacht, zijn kleine geslacht, maar nu zo klein niet meer, hard worden; onmogelijk het te ontkennen of te beteugelen. Hij richt zich op om zijn gulp open te maken, maar heeft niet meer de tijd die handeling te volbrengen. Hij drukt zich tegen haar aan en zoals hij daar staat, geheel gekleed, overvalt hem de vloedgolf van zijn ontkoppelde seksualiteit. Die eist zijn recht op en zijn geest, zijn lichaam worden meegestroomd. Kreunend overstijgt hij de golf van wellust, hij graaft zijn vingers in haar kleine borsten, maar zij trappelt met haar benen, kermt, wringt zich los. Hij zakt neer op de bank in de kou van alleenzijn. Hij voelt hoe tranen over zijn gezicht stromen, het lijkt of hij smelt, of zijn substantie smelt, oplost – na jaren van droogte, van rigiditeit.

Op een afstand staat zij niet-begrijpend, met argwaan naar hem te kijken, naar die vreemde jongen, naar zijn onbegrijpelijke huilbui. Misschien schaamt hij zich omdat hij te vroeg klaarkwam, omdat hij gefaald heeft. Zij heeft steeds wel in de gaten gehad dat hij een eigenaardige kwibus was, maar deze reactie heeft zij niet voorzien, het maakt haar schichtig. Ze heeft haar kleren alweer in orde gebracht, zoekt nog naar iets dat uit haar jaszak moet zijn gevallen. En dan, onverhoeds vlug loopt zij naar het tuinhekje dat klagelijk piept, en is weg.

Hij kan niet ophouden met huilen. Languit ligt hij op de bank, op zijn buik, het hoofd in zijn armen. Hij wil dat wicht niet meer zien. Het heeft niets met haar persoonlijk te maken of het moet zijn dat haar warmte, haar geur hem zo van streek hebben gemaakt, maar het lijkt of zijn hele leven van een ijzige helling afglijdt en dit het laatste station is, een laatste groet ten afscheid van een voorbij bestaan.

VERA

Elke herinnering aan schaatsers, kinderen met sleetjes of baanvegers met hun bezems van takkenbossen leek in het bleke licht te zijn vervluchtigd alsof ze nooit hadden bestaan. Onberoerd lag de dunne sneeuw over de ijsvloer. Rondom stonden de geblinddoekte huizen op wacht en zelfs de naakte takken van bomen bewogen niet. Verbaasd hield Vera haar stap in alsof zij onwillekeurig toch het oude kleurige beeld van zwierende schaatsers voor ogen had gehad. Daar stond zij op de wallenkant in haar eentje met haar schaatsen in haar hand. Ten overstaan van de duizenden onzichtbare bewoners van de stad die in hun dekens gerold of met hun handen uitgestrekt naar een laatste vonkje vuur achter de muren bivakkeerden, blind en doof voor de verleiding van de winter, die nu niet langer een verleiding inhield maar een bedreiging voor hun kwetsbare levens.

Ze ging op de besneeuwde oever zitten om haar schaatsen onder te binden. Toch kwam het haar bijna ongepast voor om met haar ijzers groeven te snijden in dit ongerepte sneeuwlaken, hier op dit ronde vijveroog dat gebed lag in de bebouwde kom en dat in de zomer altijd de hemel weerspiegelde maar dat nu blind neerlag onder zijn vlies van ijs. Ongepast, alsof de stad het niet zou gedogen dat de stilte zou worden geschonden, het ademloos wachten onder het zwaard van Damocles dat boven haar in de lucht hing. Daarbeneden in de stenen kronkels van straten en lanen gingen de gefluisterde geruchten van mond tot mond, opzwellend soms tot berichten vol doem en onheil: de Duitsers zullen de stad bombarderen voordat de geallieerden komen, ze zullen geen steen op de ander laten uit wraak, ze zullen de uitvalswegen afsluiten zodat wij als ratten in de val zitten...

Nee, die gedachten moest ze uitbannen, nu wil ze dit partikeltje tijd voor zichzelf opeisen ongeacht wat later gaat komen. Dit is háár tijd, haar stukje tijd dat zij heeft losgebikt uit de beklemming van het oorlogsgebeuren, uit haar eigen leven dat gekneveld wordt door alle mogelijke zorgen en zorgjes. Plotseling ziet ze de gestalte van Onno voor zich, hoe hij de deur achter zich dichtsloeg en wegliep in de schemer van de zomeravond – hij wel, hij liet alles achter en koos voor zichzelf.

Zij had die keuze nooit gemaakt en werd nu overvallen door een gevoel van beklemming alsof zij in een fuik was gezwommen. Het wachten, het aanhoudende wachten. De trage tred van de tijd door dit gestolde bestaan... En waarop was dat wachten dan wel? Op een einde, een vernietiging? Of een vrede en de schroomvallige terugkeer van hun vroegere huiselijke leven dat met horten en stoten zou starten als een oude motor? Was zij maar van huis weggegaan zoals Onno had gedaan, om een leven vol actie te gaan leiden, bijvoorbeeld in het verzet om hun familie-eer te redden en tegenwicht te bieden aan haar broers ellendige verraad.

Toch had zij het niet over haar hart kunnen verkrijgen om Johanna en Tristan alleen achter te laten in het lege huis, evenmin haar vader voor wie zij een soort reddingslijn vertegenwoordigde omdat ze hem knollen of suikerbieten bracht. Haar gevoel voor verantwoordelijkheid had haar steeds dwarsgezeten bij haar verlangens naar vrijheid. Nog hoorde zij Onno's pesterige commentaar waarmee hij haar in het verleden zo vaak op de kast placht te jagen: Jij bent zo braaf, maar daar verdien jij ook de hemel mee... woorden die haar bloed deden koken. Ja, zij had een keuze moeten maken zoals hij, maar dan aan de andere kant van de scheidslijn die hun wereld had gespleten. Nu restte haar alleen het wachten.

Driftig slaat ze haar benen uit om de vijver op te schaatsen. Het ijs voelt hobbelig aan, hier en daar zit er sneeuw aan vastgevroren, haar enkels zwabberen onder haar. Vroeger reed je op een geveegde baan, kon je vaart maken. Maar ze zal zich niet laten ontmoedigen, ze duwt haar ijzers door de sneeuw, jaagt zichzelf voort, zich concentrerend op iedere mogelijke spleet, ieder dichtgesneeuwd wak waarvoor haar moeder zo bevreesd is. Haar bloed begint heftiger te stromen, de uitdaging aangaan, daar gaat het om.

Geen levend schepsel te bekennen, zelfs geen verkleumde eend. De vogels moeten op de wieken zijn gegaan sedert het ijs alles heeft dichtgedekt en er geen goedertieren oud dametje met een zak brood op een bankje zit. Onder de boog van een brug door – een welkomstboog – schaatst zij het verboden park binnen waarvan de hekken zijn gesloten om illegale houtkap te voorkomen. Het park van haar kinderjaren waarvan zij iedere laan, ieder watertje kent, maar dat daar nu ligt in zijn witte metamorfose als een onontdekt land waar geen sterveling ooit een voetstap heeft gezet. Hijgend staat ze een ogenblik stil, de stilte wordt zo intens dat hij tastbaar lijkt, ze kijkt achterom alsof ze iemand verwacht, iemand die haar onhoorbaar is gevolgd. Uitsluitend blauwige schaduwen van bomen liggen roerloos over de ijsvlakte, de veervormige sporen van haar eigen ijzers zijn haar gevolgd tot waar ze met haar voeten samenvallen, dit is haar handtekening in de sneeuw: *Vera was here...* ze heeft haar stempel gedrukt, hoe vluchtig die ook zal blijken.

Tussen haar lippen vandaan wolkt haar adem omhoog. Alsof zij een minuscule geiser is en dat is ze ook, ze is heet vanbinnen, heet. Ze krabbelt naar de wallenkant en gaat languit in de sneeuw liggen, in dat smetteloze pak sneeuw, wellustig haast, omhoogstarend naar haar adem die omhoogzweeft naar de zwarte boomtakken. Ze draait zich op haar buik in de sneeuw, drukt haar lippen op de tintelend koude ijskristalletjes, ze zou de sneeuw, de aarde daaronder, de geduldige donkere aarde willen omhelzen: jij draagt geen schuld, jij ligt hier maar en wacht... Onder haar trui voelt ze haar tepels hard worden door de kou, een heftig, een tintelend gevoel verspreidt zich door haar buik.

Haar bloed verweert zich tegen de ijzige wereld rondom, onder haar warme wangen smelt de sneeuw, al haar levenskracht lijkt zich samen te ballen tot een uitdaging, tot dit ene ogenblik van triomf. Ik lééf nog, denkt ze. Ik lééf, zegt ze luidop tegen de wachtende aarde, de lege lucht: ik lééf.

JOHANNA

Johanna dwaalt door het steenkoude huis, ze klimt de trappen op en daalt weer omlaag als een muis in een kooi die ronddraait in zijn tredmolentje, zinloos, zinloos. Ze blaast op haar vingers die wit zien van de kou. Wat een dwaasheid zo'n groot huis te hebben, ze doet de deur van Tristans kamertje open, deinst terug voor de chaos aan kleren en dekens die over de grond slieren met daartussen speelgoed, soldaatjes die vroeger aan Onno hebben behoord.

De leegte grijnst haar aan. Tristan is bij een buurjongetje gaan spelen – kinderen blijven spelen alsof er niets aan de hand is, ze passen hun wereldje aan. Aan het hitsige moorddadige ritme van de grote wereld, ze maken er een eigen creatie van, compleet met oorlog en bommen, moord en doodslag. God weet spelen ze nu wel executietje.

Ze is alleen in huis, ze wacht. Haar leven is voornamelijk samengesteld uit wachten, het is één grote wachtkamer en ergens zit daarin de angst verscholen, geniepig klein, een adder die zich schuilhoudt of een mug die zoemt aan je oor, maar wanneer ze alleen is, wakker liggend in het dubbele bed, het huwelijksbed waarin haar kinderen zijn geboren, groeit de angst tot een hand die haar keel dichtknijpt. Nee, je kunt beter niet in bed liggen, het is beter te lopen, lópen. Even speelt ze met de gedachte om de speelgoedsoldaatjes die van Onno zijn geweest uit Tristans kamer weg te nemen en in de kachel te verbranden. Maar zou dat enig verschil maken? De speelgoedsoldaatjes van toen zijn gegroeid en lopen nu levensgroot door de straten – voor Tristan een alledaags verschijnsel, een realiteit waartegen een moeder machteloos is.

Ze weet nog hoe ze zich er toentertijd tegen had verzet dat Onno soldaatjes, een speelgoedpistool of ander oorlogstuig zou krijgen – hoe naïef was zij geweest, alsof je die oerdrift in elk mannetje in spé kon uitbannen. Had Arnold gelijk gehad toen hij haar verweet dat zij Onno had willen kneden in de vorm die zij zich wenste? Je zult hem nog platdrukken door je bezorgdheid en je bezitsdrift, had hij haar toegevoegd tijdens een van hun twistgesprekken. Hun kind, hun zoon Onno, had ook tussen hen beiden een wig gedreven. Ze herinnert zich hoe zij zwijgend in hun gescheiden bedden hadden gelegen met open ogen starend in het donker, zich het hoofd brekend over het raadselachtige fenomeen hoe een kind van je eigen bloed, gevoed door je eigen gedachtewereld en morele maatstaven, zo ver kon afdrijven. Hoe vaak had zij zich niet afgevraagd hoe het mogelijk was dat een jong kind van tien, twaalf jaar zich zo hartstochtelijk kon vereenzelvigen met het Duitsland van na de Eerste Wereldoorlog en met de vernederde en hongerende bevolking. Waar kwam zijn fascinatie vandaan? Had hij zich vereenzelvigd met de verliezer omdat hij op verschillende niveaus zelf een verliezer was of zich zo voelde vanwege zijn astma en veelvuldig ziekzijn die hem, dat wist ze wel zeker, een minderwaardigheidscomplex hadden bezorgd? Toch werd ze gedurende die doorwaakte nachten waarin alle mogelijke gedachten en bizarre ideeën haar brein bestookten, somtijds beslopen door het denkbeeld dat haar zoon in een vroeger leven een jonge Duitse soldaat kon zijn geweest die op het slagveld was gesneuveld en die zich nu in zijn nieuwe incarnatie nog altijd verbonden voelde met zijn voormalige vaderland. Waar anders kwam zijn bitterheid vandaan omtrent de onrechtvaardige behandeling na de oorlog en het vernederende Verdrag van Versailles? Ze peinsde over de raadselachtige draden die de geest van mensen door de generaties heen, over landsgrenzen heen, met elkaar konden verbinden. Wat weten we helemaal, wij, die met ons denken

184

en voelen zijn ingesteld op het hier en nu? Misschien ligt er als een oud fossiel een herinnering begraven in Onno's geest, misschien hoort hij in de klank van de Duitse taal iets dat een snaar in zijn binnenste tot trillen brengt.

Zij duwt de deurkruk van zijn kamer naar beneden en daar ligt het voor haar: het levenloze decor van zijn jongensjaren. In het midden zijn schooljongensbureau van zwart gebeitst vurenhout waaraan hij voor zijn eindexamen heeft zitten blokken, met enkele zielloze meubels daaromheen. Zijn bed als van een asceet. Zo plat, niet beslapen, nooit meer beslapen. Misschien is hij dood... In een verraderlijk ogenblik denkt ze dat het lichter te dragen zou zijn wanneer hij dood was. Dan zou zij een eerlijk verdriet hebben, één die mensen kunnen begrijpen: ziekte, dood, een kind met een been eraf, dat soort onheil. Het verdriet dat je daarvan hebt, dat je kunt koesteren zelfs, tegen je hart drukken en waarmee je huilend in slaap valt is iets legitiems, een sociaal gebeuren waarin je familieleden, vrienden en zelfs je buren kunnen delen. Wat ik heb is iets heimelijks en beschamends, iets waarmee ik zit opgesloten, ik praat er met niemand over en niemand praat met mij. Zelfs tegenover Arnold ben ik gaan zwijgen. Want die heeft zijn eigen verdriet, zijn eigen schaamte. Maar Arnold is een binnenvetter. Hij stopt zijn pijn weg, probeert die weg te vagen uit zijn herinnering, uit zijn hart. Hij heeft zijn zoon afgeschreven en zal blijven leven met een diep litteken. Aan dat litteken wil hij niet dat je raakt – het moet hard worden, gevoelloos.

Ik ben anders. Een vrouw is anders. Waarom heb ik altijd de neiging mijn wonden open te krabben? Nee, ik kan mijn verdriet niet tonen omdat het onvatbaar en beschamend is. Ik moet leven met leugens en een opgewekt gezicht, ik moet moedig zijn om Vera en Tristan niet te belasten met mijn ellende.

Ze doet de deur van de kleerkast open waarin nog enkele jasjes en overhemden zijn blijven hangen – hij heeft maar weinig meegenomen, misschien loopt hij nu altijd in uniform – de lege vormen aan hun klerenhangers lijken op gehangenen, ze tast ertussen zoals ze vroeger deed om te kijken of er geen knopen ontbraken of op andere manier iets aan mankeerde. Zij haalt een colbertjasje tevoorschijn dat hij heeft achtergelaten, strijkt over de stof, houdt het omhoog tegen haar gezicht. Het wollen tweed is warmer dan de stilstaande lucht, het is toeschietelijker, de wol retourneert haar eigen warmte, ze voelt de koestering tegen haar huid, houdt het jasje in haar armen alsof het haar leegte, haar kilte kan verwarmen. Als ze maar zou kunnen rouwen, het rouwproces rond kon maken zodat ze haar kind weer zou kunnen oproepen in de gedaante van de kleine zoon die haar zo veelbelovend had toegeschenen. Of moet ze altijd blijven dolen langs het slingerpad van zijn jeugd, zich afvragend wanneer de verandering is ingetreden, wanneer de vreemdeling haar huis is binnengeslopen om de plaats in te nemen van haar zoon...

Versteend tot op het bot loopt ze naar de garderobekast in de vestibule om haar oude bontmantel tevoorschijn te halen, die, sinds Arnold hem voor het eerst rond haar schouders hing, kaal en mottig is geworden. Ze wikkelt zich erin en zet zich op de sofa in de salon waar het laatste vonkje steenkool smeult in de potkachel. Bewegingloos, rechtop als een uil in de winter zit ze te wachten tot de dode vacht haar ledematen zal verwarmen. Maar het bont is koud en zwaar en het is of die zwaarte de laatste vonk warmte uit haar lichaam drijft. Ze drukt haar handen op haar buik waar een onduidelijke pijn knaagt. Die kent ze, die pijn, die brengt haar steevast in herinnering dat Onno haar op die plek getrapt heeft toen ze hem wilde tegenhouden op de dag dat hij vertrok.

Zij heeft erover gezwegen, heeft haar lippen verzegeld, want het is iets dat zij zou willen toedekken met zwarte aarde zoals je doet met een dode, iets of iemand die voorbij is... Maar die verraderlijke pijn steekt van tijd tot tijd de kop op om haar te herinneren en blokkeert daarmee de weg naar vergetelheid. Zij moet leven met die demon in haar inwendige die haar influistert: weet je nog hoe het was? Hoe zijn ogen zwart werden van haat en zijn voet omhoogkwam, zo onverhoeds dat je je handen niet beschermend voor je buik kon brengen?

Waarom verlang je dan nog altijd naar hem? Meen je nog steeds dat je met hem zou kunnen praten en je met hem zou kunnen verzoenen? Dat je de kloof zou kunnen overbruggen die tussen jullie gaapt? Wees eerlijk, je hebt nooit met hem kunnen praten, in zijn woorden of zelfs zijn zwijgen lag een hoon die je onzeker maakte. Ieder woord dat van je lippen kwam kon hem irriteren, hij bespeurde je gretigheid om hem weer in te lijven in de familie, in jouw liefde. Je gepraat en je emoties vond hij niet alleen zinloos, maar ook hinderlijk alsof je woorden aan zijn huid kleefden als kleffe zoenen waar hij een afschuw van had. Waarom dan toch... die hoop?

Misschien ontdekt hij de leugen achter de holle frasen van de nazi's, misschien doolt hij rond midden in de verschrikking van de oorlog en worden zijn ogen geopend.

De minuten schakelen zich aaneen tot een eeuwigheid. Komt Vera nog niet thuis? Alleen op het ijs in de bittere kou. Hoort ze een sleutel in het slot? Hoe langer het wachten duurt hoe meer de verbeelding zijn spel met haar gaat spelen. De wind tegen de voordeur, het heen en weer slaan van het bellenkoord, hoor ik een zwak getingel? Is dat een voetstap op de traptreden?

'Ik wil niet dat je zo binnensluipt,' had Arnold tegen zijn zoon gezegd. 'Ben je een spion? Wil je ons betrappen? Afluisteren? Geef de sleutel hier! Jij beschouwt dit niet langer als je ouderlijk huis, dus je hebt geen recht op de sleutel.'

Arnolds grauwe gezicht had diepe plooien vertoond. Johanna zag hoe zijn kaken werkten in een poging tot zelfbeheersing, het leek of hij zichzelf tuchtigde met de woorden die hij sprak. Onno stond daar met een hautain lachje, hij had in zijn broekzak getast en zijn vader de huissleutel aangereikt.

In de vestibule kijkt Johanna op de antieke stoeltjesklok waarvan Arnold iedere avond de koperen gewichten omhoogtrok aan hun ratelende kettingen, een gewichtige bezigheid, voorbehouden aan de heer des huizes. Tegenwoordig is dat haar taak. Onverstoorbaar slaat de slinger de maat van het wachten. Het begint te schemeren. Haar vingers reiken naar de schakels van de ketting alsof ze de klok wil dwingen de tijd te bespoedigen.

DE RIJN SLAAT OVER DE ZOMERDIJK

Hij groef. Ditmaal aan het onderdeel van een pakstelling, een ronde kuil waarin munitie kon worden opgeslagen en waar straalsgewijs een aantal loopgraven op aan moesten sluiten. De pakstelling was vrijwel klaar en hij had tot taak een loopgraaf aan de linkerkant te spitten terwijl zijn kameraden bezig waren een golfplaten dak op de pakstelling aan te brengen om te voorkomen dat de munitie nat zou worden. Hoestend dreef hij zijn schop de grond in, de pijn in zijn rug steeg omhoog naar zijn nek, water stond in zijn lekke schoenen, maar aan dat ongemak was hij gewend. Met gierend gefluit vloog een granaat over zijn hoofd en sloeg ergens in. De Engelsen waren dichtbij. Achter de dijk aan de overzijde van de rivier hadden ze hun kamp opgeslagen in een populierenbos, wanneer het helder was kon je ze zien bewegen.

Hij staart over de velden, naar de buikige wolken die daarboven hangen, sneeuw op komst, natte sneeuw dit keer, je kunt het ruiken in de lucht. Een zwarte kraai wiekt langs het uitspansel. Zonderling hoe alles zijn gang gaat, hoe die vogels blijven vliegen, de wind waaien, wolken voorbijdrijven. Wind verkoelt zijn verwarde hoofd vol met schuttersputjes, pakstellingen, bunkers, luizen en kou die niet meer uit je botten weggaat, die zich daar ingevreten heeft. Die hele kop zit daarmee vol alsof er niets anders meer bestaat en dan opeens is er die ene vogel die daar vliegt, een schepsel dat zich handhaaft, en ook de wind handhaaft zich, die stoort zich niet aan het gezelschapsspel van oorlogvoerders. Raar gevoel geeft hem dat, alsof zijn inspanningen er niet toe doen, nergens toe doen.

Het gat dat hij graaft wordt niet noemenswaard dieper, heeft hooguit het formaat van een graf voor een klein persoon, zelf zou hij er niet in passen. Absurd dat dit gat maar steeds geen loopgraaf wil worden. Het begint al te schemeren, de lucht wordt grijs, vervolgens donker, van een blauwige kleur die aangeeft dat de nacht op komst is. Nog tien minuten spitten tot de duisternis invalt. Maar zijn lijf wordt recalcitrant, zijn kletsnatte voeten zijn afgestorven, handen één vlammende pijn – maar ik moet, ik heb de eed gezworen: *Meine Ehre heisst Treue*...

Onder zijn schop voelt hij iets taais, iets dat weerstreeft, hij bukt zich om dat te onderzoeken en stuit op een boomwortel die door het gat van zijn loopgraaf kronkelt. Hij rukt eraan zonder het obstakel los te krijgen. Een onverhoedse golf van woede stijgt hem naar het hoofd, hij hakt erop los maar die wortel geeft geen krimp. Hij beukt, het lijkt of al zijn kracht zich samenbalt om dat onding klein te krijgen. En opeens is er geen weerstand

190

meer en stuikt hij voorover in het zwart van zijn mod-
derkuil. Onhandig blijft hij op zijn knieën zitten, tastend
naar zijn schop, het ellendige ding is gebroken, splinters
priemen in zijn handpalm.

Het zwart van de nacht breidt zich uit, wikkelt hem in,
de lange witte vinger van een zoeklicht scheert langs het
donkere hemelgewelf, wentelt voorbij, wentelt voorbij.
En in de baan van dat bleekblauwe licht verschijnt iets en
dooft weer uit, verschijnt iedere keer opnieuw: een licht-
gevende gedaante. Ja, dat ziet hij nu. Is zij dat, zijn moeder? Leeft ze nog? – Hoe kom je in godsnaam hier? Waar
heb je je al die tijd schuilgehouden?
   Zij zit rechtop in een ijzeren hospitaalbed dat op een
strook groen gras staat midden in de sneeuw, zij stapt uit
het ledikant en beweegt zich op blote voeten over de bevroren grond. Verbazend jong ziet zij eruit, in dezelfde
halflange soepele jurk – of is het haar nachtpon? – die ze
droeg toen hij een kind was en waarvan hij het zo prettig
vond om zijn lippen tegen de zachte mousseline te drukken. Ze kijkt strak voor zich uit alsof ze ergens naar op
weg is, op die blote voeten door de sneeuw. Je moet hier
niet lopen, hier zijn alleen modder en sneeuw, het is donker, je kunt niet zien waar de loopgraven zijn. Ga weg
hier! Ga hier weg, verdomme...
   Maar ze blijft lopen. Zoeklichten scheren over het veld
en vangen haar als een glinsterend mugje in hun licht-
bundel. Hij hoort de glasheldere ping van een kogel.
Geen mugje meer te zien.

Door de sneeuw kruipt hij naar de plek waar ze zojuist nog overeind stond. Ligt daar iets? Is zij dat, die nietige gestalte? Een lichaam, volstrekt ontkleed. Heeft de luchtdruk haar de kleren van het lijf gerukt? Hij buigt zich dieper en ziet tot zijn afgrijzen slechts één been aan haar romp, van het andere geen spoor, net zo min als van enig bloed. Hij strekt een hand naar haar uit, zijn koude vingers ontmoeten een andersoortige kou – kan zij zo snel zijn veranderd in een pop van ijs? Maar ijs is glad en wat hij voelt is stroef, evenmin warm en soepel als levende huid. Wijdopen staren haar ogen omhoog naar de nachthemel, de bleke weerschijn van de sneeuw spiegelt zich in haar pupillen, onbeweeglijk zijn de wimpers omhooggeslagen.

'Johanna,' fluistert hij, 'Johanna, word wakker...' Op zijn knieën liggend brengt hij zijn hoofd dicht bij dat van haar in de hoop iets van adem, van warmte te bespeuren.

Geen warmte, geen adem, geen enkele reactie, niet het minste spiertje in haar oogleden, haar mondhoeken, dat trilt.

In een radeloze impuls een levensteken te ontlokken grijpt hij haar bij de bovenarmen om haar door elkaar te schudden, wakker te schudden, maar met een schreeuw laat hij los: wat uit zijn handen met een bonkend geluid op de bevroren grond terugvalt is geen mens, niet Johanna, maar een levenloos ding, hij staart in ogen van glas. Een paspop, een blote pop met één been.

Zo buiten zinnen is hij van ontsteltenis en woede dat

hij uit alle macht trapt naar dat weerzinwekkende ding, naar die pop, hij gaat er bovenop staan stampen. Weg met dat walgelijke ding dat hem één ogenblik heeft begoocheld door Johanna's gestalte aan te nemen, hij hoort het krakend geweld waarmee het onder zijn voeten wordt verbrijzeld.

Er wordt aan zijn armen getrokken, zijn lichaam raakt los uit de zwaarte van zijn droom, gaat de hoogte in alsof het uit een wak in het ijs op de kant wordt gehesen; schurend komt zijn adem door zijn luchtpijp, zijn benen maken nog altijd trappende bewegingen. Iemand houdt ze vast, door het gegons in zijn oren klinkt stemgeluid door: 'Jezus, Lodewijk! Wat heb je? Ben je gewond? We zoeken ons een ongeluk naar je...'

Donkere schimmen troepen om hem heen. Onder zich kan hij het zwarte gat onderscheiden waaruit hij zojuist omhoog is gehesen, vaag ontwaart hij op de bodem een brei van smerige sneeuw en modder. Hij pijnigt zijn hersens. Vanwaar dit gat? Lag hij daarin begraven? En wat beduidt die stilte om hem heen, in de lucht? De hemel is zwart, geen zoeklichten scheren langs de nachthemel. Is het allemaal over en uit?

De schimmen beginnen hem te duwen, aan hem te sjorren. 'Ben je ziek? Wat mankeert je?'

'Opschieten! Het is tijd. Ze zijn allemaal al weg.'

Weg, waarheen? wil hij vragen, maar zijn keel, zijn lippen weigeren dienst.

'Straks verzuipen we nog!'

'Verzuipen?'

Dit keer valt het woord uit zijn mond, merkwaardig luid, als een explosie.

'Hij komt weer tot zijn positieven,' hoort hij iemand zeggen.

'Lodewijk, luister!'

Ze blijven staan met hem tussen zich in en bewaren het stilzwijgen. En dan hoort hij het: onder de stolp van stilte klinkt een onheilspellend bulderen dat over de hele breedte van het land komt opzetten, het gedruis van een alles overspoelende oceaan. Maar hier is geen oceaan, zijn hersens kunnen het niet bevatten: 'Wat is dat voor geluid?'

'De waterkering is doorgebroken, de Rijn slaat over de zomerdijk...'

'De uiterwaarden zijn al ondergelopen, nog even en het water stroomt de loopgraven binnen!'

In het donker schuifelen ze verder, bij iedere stap hoor je het smakkend geluid waarmee de modder zich aan hun voetzolen vastzuigt.

De Rijn slaat over de zomerdijk... die rampzalige woorden blijven in hem nadreunen. De oorlog zwijgt, de Rijn heeft het laatste woord. Of is dit donderend bruisen een onderdeel van zijn droom? Zit dit bruisen binnen in zijn hoofd? Binnen in zijn bloedstroom? De Rijn slaat over de zomerdijk, een misselijkmakend refrein... de loopgraven stromen vol. Al hun werk voor niks. Automatisch verzet hij zijn voeten, iemand houdt hem bij de arm alsof hij een ouwe zak is, hij mompelt: ik kan zelf wel, maar zo krachteloos is zijn verweer dat de hand zijn greep alleen maar versterkt. Hij voelt zijn spieren als uitgerekte touwvezels door armen en benen lopen, het is onmogelijk zijn vingers te strekken, zijn handen staan krom, klauwen die gedoemd zijn voor eeuwig het handvat van zijn schop te omklemmen. Gespit heeft hij, gespit als een grondwerker, een boerenpummel, dagen achtereen, hooguit opgemonterd door een enkel ogenblik van voldoening, van hoop, en vervolgens weer dat stompzinnige gespit, twaalf uur per etmaal, in de dagploeg, in de nachtploeg, en alles voor niets. In het kolkende water zullen ze ten onder gaan, zijn loopgraven, die hij uit de grond gespit en versterkt heeft. Welke stommeling heeft bedacht dat de verdedigingslinie zo dicht langs de rivier moest lopen? Voortsjokkend in zijn grondwerkersbroek met de bemodderde beenkappen van de verdwenen marechaussee rond zijn kuiten, vullen zijn ogen zich met tranen, schieten flitsen van opstandige gedachten door zijn hoofd: het is allemaal gekkenwerk, ik ga ervan naar de bliksem, ik moet ermee ophouden! Ze kunnen allemaal mijn reet likken, die lui met spierbundels in plaats van hersens!

Uitgeteld lag hij in het stro. Rook de stank omdat het in weken niet was ververst, zijn voeten gevoelloos als de voeten van een dode, maar daar bekommerde hij zich niet om, die voeten waren zo ver weg, helemaal aan de periferie van zijn lichaam, hij kon ze niet bereiken, ze moesten zichzelf maar zien te redden, hij had al moeite genoeg adem te halen, zijn borstkas zwoegde als een oude blaasbalg. Hij vroeg zich af of je op je negentiende dood kon gaan, niet door een kogel of een granaatinslag maar simpelweg door uitputting en kou. Zo'n verwonderlijk vooruitzicht was dat niet, zijn koortsende kinderziekten hadden daarvan de prelude gevormd. Vroeg doodgaan, dat had iets moois, iets verzoenends. Gestorven voor zijn ideaal, zijn leven gegeven voor het Duizendjarige Rijk. Hij zou eeuwig jong blijven, een jeugdige martelaar, en dan hoefde hij niet de ellendige weg naar de ouderdom af te leggen. Nee, de dood verontrustte hem niet, hij raakte er niet van in paniek, hij trok zich eenvoudig in zichzelf terug en wachtte.

NEDERLAAG

Er is geen regen, geen duisternis, geen kou. Banen licht en daardoorheen bewegen gestalten in het wit. Misschien is ook dit een visioen, iets dergelijks als wat zijn ijldroom hem heeft voorgegoocheld en waarin hij aan zijn enkels aan het plafond was opgehangen te midden van tritsen bevroren vogels. Hij sluit zijn ogen en wacht of die witheid, die witte gestalten willen verdwijnen, maar die weten van geen wijken. Dit moet het 'nu' zijn, en dat is immens, het vouwt zich om hem heen om hem te beletten daaruit te ontsnappen. Dit is wat het is: de werkelijkheid. Hij ademt in, hij ademt uit in die witte werkelijkheid, die overigens niet smetteloos wit is, eerder vuilwit, verbruikt wit waarin zich een zweem van gelige belegenheid mengt.

Onder grijzige lakens ziet hij bultige lichamen en in verband verpakte ledematen die daaruit tevoorschijn steken, vormloze uitsteeksels die benen of armen moeten voorstellen en aan katrollen in de ruimte hangen. Er zijn ledematen die op onverklaarbare manier opeens ophouden, benen die zonder knie of voet in de lucht bengelen. Hij kan zich maar beter niet met die irrationele wereld inlaten. Hij drukt zijn hoofd in het kussen, er is echter geen muur waarbij hij zijn toevlucht kan zoeken, aan weerszijden van zijn bed doemt die rare verontrustende wereld op, hij wordt er door omsloten. Toch werkt dat geschuifel, gemompel en gekreun rondom hem als een slaaplied en valt hij in een lichte sluimer – daar kan hij zomaar in wegzinken zonder er moeite voor te doen. Want hij bevindt zich op vertrouwd terrein, ervaren als hij is in het wegzinken in de wellust van ziekzijn, ergens is hij nog de kleine jongen met roodvonk in bed, hij zou er haast om kunnen glimlachen zo gemakkelijk valt het hem zich in zichzelf terug te trekken. Toch laat de werkelijkheid hem niet met rust en treedt binnen zijn gezichtsveld in de persoon van een zuster die met haar droge vingers zijn pols voelt om, turend op een metalen instrumentje, de verrichtingen van zijn hart te controleren.

'Zo knul,' zegt ze, 'je komt er weer aardig bovenop. Ik zou maar eens mijn bed uitkomen en mijn spieren laten werken. Als je zorgt dat je goed eet kun je over een paar dagen naar huis.'

Waar heeft dat mens het over? Wat bedoelt ze met naar huis? Een ander thuis dan de school met het stin-

kende van luizen vergeven stro heeft hij niet. Even later komt ze terug met een emaillen kom met koud water
waarin hij zijn gezicht en handen moet wassen. Blijkbaar
is het de bedoeling dat hij zo snel mogelijk zijn plaats in
de tredmolen van de dag weer inneemt. Lusteloos doopt
hij zijn vingers in het water onderwijl starend naar het
voortdurend geloop onder het zwakke lichtschijnsel dat
in de ruimte hangt. Opeens wordt hem duidelijk wat de
verklaring voor dat spaarzame licht moet zijn: de elektriciteit werkt kennelijk op een noodaggregaat. De letters
schrijven zichzelf in zijn hoofd: *noodaggregaat*, een stukje
werkelijkheid wikkelt zich los uit de mist en komt tot zijn
beschikking. Vermoedelijk is dit een noodhospitaal, waar-
schijnlijk buiten Arnhem, weg van het front. Hij vraagt
zich af hoe hij hier terecht is gekomen, wat hij hier doet,
voorzover hij kan nagaan is hij niet gewond, in zijn herinnering liggen slechts door elkaar gevallen beelden, voor
het merendeel roodgekleurd en warrig. Hij zakt weer
achteruit met het emaillen kommetje nog op zijn knieën.
In zijn hoofd duikt een glimp op van een bekende gestalte: Godefroy, elegant in zijn uniform, het haar in een
onberispelijke scheiding. Waar zou Godefroy nu zijn? En
Wim Bremer? Waar zijn de Jeugdstormers? Aan de rand
van zijn bewustzijn ziet hij ze aan komen marcheren in
een defilé van verre figuurtjes, maar hij duwt ze terug, hij
is nog niet klaar voor een confrontatie zoals hij hier ligt
zonder pantser, kwetsbaar als een weekdier.

Hij doet zijn ogen weer dicht, de wereld kantelt onder hem, vaag hoort hij geroezemoes dat toe- en afneemt

volgens een geheel eigen ritme, al zijn gevoelens en gewaarwordingen lijken door elkaar te schuiven. Plotseling schrikt hij op door een rauwe kreet gevolgd door een snerpend gillen – iets uit het dierenrijk of een horrorfilm. Hij schiet overeind, het water uit het kommetje golft over zijn benen, zijn ogen vliegen door de ruimte. Is er een granaat ingeslagen? Iemand dodelijk getroffen? Witbeklede ruggen buigen zich rond het ledikant van de man met het halve been aan de andere kant van het gangpad. De ruggen krommen zich en strekken zich weer omhoog, een hand werpt bloederig verband in de afvalbak naast het bed. Het been wordt verzorgd, begrijpt hij, het verband ververst. Geleidelijk klinkt het gegil meer gesmoord en verandert in het dunne gejammer van een kind of een kat, het raspt over zijn zenuwen. Hij wendt zijn blik af om die weerzinwekkende stomp niet te hoeven zien – zo'n ding aan je lichaam te moeten hebben, zo'n vleesklomp die daar gewoon zal blijven zitten tot het eind van je leven, dan kun je beter dood zijn. Maar het is oorlog. In een oorlog wordt er niet gevraagd naar je voorkeur: liever dood of je arm eraf, liever een arm eraf of een been, liever blind dan verminkt? Lievere koekjes worden niet gebakken in de oorlog. Hijzelf is tenminste nog heel, hij is een geluksvogel, alhoewel die overweging geen realiteit voor hem wordt, geen emotie teweegbrengt.

'Er is bezoek voor je,' zegt de zuster, en hij ziet door het gat van de deur aan het einde van de ziekenzaal een man in een lange overjas in zijn richting komen. Eenmaal bij zijn bed beland zet de man zijn gleufhoed af en gaat naast hem zitten met iets vertrouwelijks. Argwanend laat hij zijn blik op het gezicht van zijn bezoeker rusten die zich nu een welwillende glimlach aanmeet. Het gezicht komt hem vagelijk bekend voor, maar de persoon noch de naam die erbij hoort wil hem te binnenschieten.

'Het doet me plezier dat je bijna beter bent,' zegt de man in de lange overjas, 'dan kun je binnenkort naar huis.'

Die vent heeft het ook al over 'naar huis', wat heeft dat te beduiden? In een flits van herkenning ziet hij opeens wie hij voor zich heeft: kringleider Jol, zonder uniform getransformeerd tot een burgerman in overjas, zichtbaar geslonken, non-descript. Hij voelt zich onzeker worden, zelfs verontrust door Jols metamorfose, onwennig rust zijn hand in die van zijn bezoeker.

'Ik kom afscheid van je nemen, Lodewijk,' zegt de kringleider, 'morgen vertrek ik naar Duitsland. Wij kunnen hier niet langer blijven. De burgemeester van Arnhem en de burgemeesters van de omliggende gemeenten zijn allemaal vertrokken.'

'Waarom?' brengt Onno uit.

Hij maakt zijn hand los uit die van Jol, hij betrapt een trekje van gekweldheid op diens gezicht, een zorgelijk optrekken van de wenkbrauwen.

'Het wordt hier te gevaarlijk. Er wordt een groot beslissend offensief van de geallieerden verwacht.'

'Maar wij zijn toch nodig om de stellingen te verdedigen en te herstellen,' stamelt Onno vol onbegrip, 'en wij hebben toch de v2, een wapen waar de geallieerden geen antwoord op hebben?'

'Mogelijk kunnen de Duitsers nog standhouden, daar durf ik mijn hoofd niet om te verwedden, maar alle burgers die hier nog zitten worden geëvacueerd. En jullie ook, jullie zijn geen militairen en bovendien minderjarig. Er zijn orders gekomen dat jullie binnen drie dagen vertrokken moeten zijn.'

'Waarheen dan?' Het koude zweet breekt hem uit.

'Naar het westen, naar huis, beste jongen...'

Dus ze worden weggestuurd, in de steek gelaten en klaarblijkelijk wensen de Duitsers hen ook niet langer in hun buurt alsof ze hun maar voor de voeten zouden lopen, juist nu de beslissende slag moet worden gestreden.

Met iets meewarigs in zijn blik kijkt Jol hem aan. 'Kop op, Lodewijk. Wees blij dat je dit avontuur heelhuids hebt overleefd. Je bent jong, je hele toekomst ligt nog voor je.'

Ineens wordt de titanenstrijd waarvoor hij zich met al zijn wilskracht en idealisme heeft ingezet betiteld als 'avontuur', het voelt aan of hij binnenstebuiten wordt gedraaid. Wat hebben die leuzen dan nog te betekenen die de nationaalsocialisten in zijn ziel hebben geprent? *Die Fahne ist mehr als der Tod... Wenn alle untreu werden so bleiben wir doch treu...*

'Ik kan niet naar huis. Dat is onmogelijk!'

'Dat is iets wat je zelf moet beslissen. Maar hier is jullie aanwezigheid niet langer gewenst. Jullie moeten weg uit het frontgebied.'

'Kan ik niet met u mee naar Duitsland?' Hij zou zijn

tong wel willen afbijten want hij weet het antwoord al.

Nu herkent hij Jol weer, zijn kringleider met het gezag en de geringschattende stembuiging van de leraar tegen zijn onnozele pupil.

'Daar kan ik niet aan beginnen, Lodewijk. Er zijn er wel meer die dat zouden willen.'

Er volgt nog een kort woord van afscheid, een handdruk en de lange overjas verdwijnt door de deur van de ziekenzaal.

Is dit bliksembezoek werkelijkheid geweest? Zal hij zijn kringleider ooit terugzien? Is met die paar woorden zijn toewijding, zijn werk van maanden afgedaan als een vluchtig intermezzo? Ga naar het westen, ga naar huis. Kan dit het einde betekenen, wordt hij op die manier afgedankt? De boosaardige hersenschim die altijd ergens op de achtergrond van zijn gedachten aanwezig is geweest kondigt zich nu aan: de nederlaag. Hij wordt heet en vervolgens weer koud, zijn gedachten kronkelen als wormen door zijn hoofd zonder dat hij duidelijkheid krijgt. Het is hem onmogelijk zijn avondsoep en boterham door zijn keel te krijgen, die maken hem misselijk evenals de stank van lysol en zweet, de lucht van bloed en jodium die de gemutileerden uitwasemen. Het ene ogenblik zou hij willen dat zijn koorts opnieuw zou opvlammen om in een hete gloed dat verdoemelijke woord *nederlaag* uit zijn hoofd weg te branden, het volgende ogenblik wil hij uit bed springen, zijn kleren bijeenzoeken en naar zijn kameraden gaan om ze te bezweren de strijd voort te zetten. Wat is er waar van het verhaal van Jol? Laffe lieden leiden het kamp, lieden die zich laten meeslepen door paniekverhalen. Wij moeten ons verzetten tegen dat lamlendige gedoe.

Maar het begint al te schemeren en hij heeft geen idee hoe ver het lopen is naar Arnhem en de school waarin hij is ingekwartierd. Dus denkt hij morgen, morgen misschien...

Na een onrustige slaap wordt hij midden in de nacht wakker, het is eb in zijn hoofd. Hij ligt naar de zoldering te staren en het lijkt of er op één plek in zijn brein een hel schijnsel valt, de harde witte kern van een zoeklicht en daar op die plek is het onbarmhartig helder en in dat brandpunt vormt zich één gedachte: alles is verloren.

Dat hele verhaal van zijn keuze, zijn daden die alles hadden kunnen rechtvaardigen bestaat niet meer, het verhaal van de glorieuze overwinning en het stichten van het Duizendjarig Rijk is opgelost in een mist. En indien deze droom van een nieuwe wereld als een kaartenhuis in elkaar is gevallen, wie is hij dan nog? Wanneer er niets meer bestaat tussen dit ogenblik en de toekomst wat nog enige betekenis heeft, wanneer die leidraad die hij volgde opeens is afgeknapt, hoe moet hij dan verder?

De handen tegen zijn slapen geklemd schudt hij zijn hoofd met heftige bewegingen heen en weer. Kon hij maar ordening scheppen binnen de kronkelgangen van zijn gedachten en gevoelens. Zo vertwijfeld denken doet pijn alsof er botsingen plaatsvinden tussen zijn hersencellen binnen zijn schedel. Maar zijn hersenen werken door als een machine die men heeft vergeten af te zetten.

Ik ben ingehaald door de geschiedenis, denkt hij, de geschiedenis rolt over mij heen en schrijft zijn eigen slotakkoord. Nederlaag dus. En ik? Ik ben een mislukkeling, een stuk onbenul, ik heb op het verkeerde paard gewed, ja, dat zullen ze van me zeggen: hij heeft op het verkeerde paard gewed, zo van: hij is ook maar een slachtoffer. Goed, ik heb verloren, maar ze zullen mij niet in een hoekje zien kruipen en huilerig berouw tonen. Niemand is verantwoordelijk voor mijn lot behalve ikzelf. Ik hang me nog liever op. Dan zou ik van alles af zijn en zouden ze mij niet met de vinger kunnen nawijzen, dan zou ik niet met die zogenaamde schuld hoeven rondlopen en met de schande die ze me zullen aanwrijven, dat etiket dat ze mij zullen opplakken: LANDVERRADER.

Mijn toekomst? Wil ik wel een toekomst? Zal ik alsnog de benen nemen naar Duitsland, Polen, ergens waar niemand mij kent? Ergens gaan werken, bij de opbouw helpen, landarbeider worden zodra ik weer op krachten ben gekomen. Ik kan beter verdwijnen zonder rekening en verantwoording te hoeven afleggen aan mensen die er toch niets van snappen, die geen antennes hebben om het geniale concept van Hitler voor een Groot Germaans Rijk te kunnen bevatten.

De volgende dag is hij terug bij zijn commando. Even heeft het er de schijn van of alles bij het oude is gebleven, de jongens gaan gewoon aan het werk om zware rollen prikkeldraad naar een voorpost langs de spoorweg te transporteren, hijzelf wordt ingeschakeld voor lichte arbeid zoals soep uitdelen en borden wassen, hij schudt de nachtmerrie van de nederlaag van zich af. Maar er zijn troepen geland bij Bocholt, zo luiden de berichten, en die rukken op in de Graafschap, de geallieerden hebben Enschede bezet en Arnhem komt in de vuurlinie te liggen.

De onweerlegbare waarheid slaat over hem heen in de vorm van eskaders vijandige vliegtuigen die langs de hemel daveren en de velden schoonvegen en – alsof dit nog niet afdoende was – gevolgd worden door uit vele vuurmonden schietende en vlammenwerpende tanks die elke stelling tot de laatste schuilhoek aan toe met de grond gelijk maken. Vol onbegrip, maar ondanks zichzelf met ontzag ziet Onno deze verwoestende verrichtingen aan. Hier hebben de Duitsers geen antwoord op. Enkele stuntelige v2's die meestentijds voortijdig neerstorten vliegen de vijand pruttelend tegemoet. Bij het zien van die laatste stuiptrekkingen van wat eens een onoverwinlijke armee was voelt Onno zich onpasselijk worden.

's Avonds wordt er appèl gehouden en de Stormers meegedeeld dat zij onverwijld dienen te vertrekken. Degenen die dat wensen kunnen nog een marsverpleging krijgen, want vervoer is er niet, zij zullen moeten lopen. 's Nachts om drie uur in het stikdonker vertrekken ze. Onno, zijn hoofd nog duizelig van zijn recente longontsteking, trekt met zijn makkers mee. Lijdzaam voegt hij zich in hun rij, dankbaar om op die manier te worden meegevoerd tussen hun warme lichamen, lopend in het ritme van hun marstempo. De lucht is zacht, het is lente. Zijn hoofd is leeg. Ze lopen met een omweg over een kerkhof naar de Apeldoornseweg richting Zwolle, achter hen laat de nacht zijn zwarte voorhang vallen.

ONNO

Duizenden vlaggen wapperen in de lucht die naar jasmijn en seringen geurt, duizenden vlaggen, zelfgemaakte exemplaren, glorieuze dundoeken met oranje wimpels getooid, kindervlaggetjes in de knuisten van dreumesen, alle ontplooien zich in de wind na jaren tussen de mottenballen te hebben gelegen. Kleine meisjes dragen oranje linten in het haar en hondenstaarten versierd met oranje strikken kwispelen uitbundig.

Die lui zijn gewoon dolgedraaid, denkt Onno kijkend naar het gehos en gedans rond een draaiorgel waarvan de eigenaar zich de armen uit het lid zwengelt. Hij is terug op de historische plek waar hij vijf jaar geleden getuige is geweest van de intocht van zijn zegevierende helden, een herinnering die nu als een verbleekte film door zijn hoofd speelt, terwijl hij kijkt naar al dat onzinnige gefeest waarboven ballonnen de lucht in gaan en traag wegzweven hoog over het Paleis en de Nieuwe Kerk.

Hij loopt daar, luchtledigheid hangt om hem heen, hij kent niemand en niemand kent hem, hij is hier anoniem, geen sterveling ziet hem zijn verleden aan – of hij dat prettig of juist onaangenaam vindt weet hij niet.

Zo loopt hij over de kinderhoofdjes van het Damplein tot plotseling door de feestgangers aanvankelijk niet op-

gemerkt of per abuis verward met het knallen van vuurwerk – zijn oor getroffen wordt door geknetter van mitrailleurvuur. Er tuimelen mensen op de kasseien zoals
vroeger zijn speelgoedsoldaatjes, neergemaaid door een
trefzekere kogel. Er treedt stolling op in de menigte, een
ogenblik van verbijstering, van niet begrijpen, tot die hele samengeklonterde bijenzwerm zich in paniek gonzend
naar alle kanten verspreidt, een wolk die dunner wordt
in het heldere meilicht. De smalle zijstraten en stegen,
de Warmoesstraat, de Pijlstraat, kunnen de massa niet zo
snel verwerken, de vluchtenden dringen elkaar achteruit,
elkaar vertrappend en vallend over fietsen en kinderwa-
gens, anderen zoeken dekking achter het draaiorgel of
stoepranden. Een jammerklacht stijgt op die geen einde
wil nemen. Onno hoort de mitrailleursalvo's, waarschijn-
lijk hebben de schutters zich verschanst in het girokan-
toor aan de overkant, en ondertussen blijven de ballonnen van de feestroes onverstoorbaar boven de huizen
zweven.

Hij ziet mensen vallen, een man kruipt op handen
en voeten langs hem heen, of die gewond is kan hij niet
zien. Hij ziet ze liggen in hun sleetse kleren, uit hun donkere huizen en schuilhoeken gelokt door de vlaggen, de
meeslepende deun van het draaiorgel en de lentezon die
het hele tafereel in stralend licht zet, en plotseling is er
in dat stralende licht een zwart gat gebrand, het gat van
de dood. Dit hele gebeuren bezit de beklemmende bizar-
heid van een nachtmerrie, een nachtmerrie evenwel die
aanhoudt, die niet wil eindigen in het moment van ont-

waken. Ik hoor daar niet bij, denkt hij, bij die mensen die in hun dwaze vreugde zijn overvallen. Ik hoor bij die anderen die de kogels afvuren.

Hij staat daar. Als ze me kapotschieten, dan is alles opgelost... Zijn leven en dit ogenblik dat zich toespitst en op hem toe komt vliegen vormen één punt, het punt van Archimedes. Hij hoort de kogels ketsen op de keien, toch bereiken ze hem niet, misschien is hij al een geest.

Ergens op de andere oever van zijn leven staat de poppenkast, hier, op deze zelfde Dam, bewoond door Jan Klaassen en Katrijn. Zijn vader staat daar onder zijn vilten gleufhoed, de wangen wat opgepoft en roze van plezier, en zijn moeder, klein, met een pothoedje op haar hoofd, vleit zich als een poes tegen dat rotsvaste mannenlijf. Hij ziet zichzelf in een marineblauw jekkertje met oplettende ogen onder een petje, en zijn zus in een identiek jekkertje, een rond hoedje op de blonde haren: een gezin op zondag bij de poppenkast. Op de andere oever van zijn leven. Niet meer terug te halen. Voorbij. Traag beweegt hij zich door de leegte, langs degenen die door het mitrailleurvuur zijn getroffen en die nu als krabben die verscheidene poten missen over de grond scharrelen. En in de stegen die op de Dam uitmonden ziet hij de teruggedeinsde menigte opeengepakt met de bleke vlekken van gezichten naar hem toegewend. Naar hem, de vijand. Eén kogel en hij zou slachtoffer worden. Gewoon een Amsterdamse jongen, op bevrijdingsdag door vijandelijk vuur gedood.

De nalatenschap

VERA

In het propere zijkamertje lag hij op het logeerbed. Een logé inderdaad die niet lang zou blijven, de datum van zijn vertrek was al vastgesteld. Ik was gekomen om afscheid te nemen. Onwennig ging ik op een stoel naast zijn bed zitten, zoekend in dat gezicht op het kussen naar de gelaatstrekken die mij vertrouwd waren geweest. Ik voelde mezelf trillen vanwege de confrontatie met zijn dode lichaam, die vorm, dat vlees zonder adem, die gelig geworden schedel waar het spaarzame haar met zorg overheen was gedrapeerd. Hij lag er niet bij alsof hij vredig sliep – het bekende cliché dat veel gebruikt wordt – nee, definitief levenloos lag hij daar, met iets afstandelijks alsof hij geen concessies wilde doen en zijn dood volstrekt voor zichzelf wenste te houden. Dat deed mij terugdenken aan het kind van vroeger dat bij ziekte woordloos in zijn bed kon liggen, stoïcijns. Zo had hij ook de dood aanvaard: stoïcijns. Toen zijn vriendin hem na zijn darmoperatie aanspoorde toch vooral de door zijn fysiotherapeut voorgeschreven oefeningen te doen om zo spoedig mogelijk zijn krachten te herwinnen, had hij geantwoord: 'Ik voel me niet gemotiveerd.'

En nu lag hij hier, niet gemotiveerd om verder te leven.

Broer – een groot woord, maar zelfs de dood scheen dat niet te vullen met betekenis. Toch waren wij opgegroeid in hetzelfde huis, hadden wij samen gespeeld, geruzied en dezelfde lucht ingeademd, dezelfde weg naar school genomen, elkaar geholpen strafwerk uit te schrijven wanneer één van ons gespijbeld had of verzuimd zijn huiswerk te maken. Ik kon nog de gewaarwording terugroepen van zijn arm om mijn nek – of was het de mijne geweest die om die van hem had gelegen? Wanneer hij voor straf naar zijn kamer werd gestuurd, was ik daar dikwijls binnengeslopen om hem te troosten of iets lekkers te brengen dat ik gebietst had. Maar omstreeks zijn elfde, twaalfde jaar ketsten mijn troostende woorden van hem af alsof hij een steen was. Altijd lag hij op zijn rug, languit en dun als een jeugdige fakir, en ik dacht toen dat het de astma moest zijn die hem in zijn greep hield als een kwaaie betovering.

Hoe vaak heb ik niet aan Kai moeten denken, de kleine jongen uit het sprookje van Andersen, die door de Sneeuwkoningin werd meegenomen naar haar ijspaleis en wiens hart veranderde in een ijsklomp, terwijl een ijzige splinter zich in zijn oog boorde waardoor hij niemand herkende. Zelfs mij niet, dacht ik, zijn speelkameraad.

Nu heerste stilte in dat hoofd, doodse stilte. Zijn neus was spits en zijn huid wasgeel geworden, het bloed had zich teruggetrokken als het getij van het strand. Zijn gezicht stond effen, emotieloos, alsof nooit enig gevoel het had beroerd, de stilte van de dood moest hem vertrouwd zijn geweest.

Ik zat op mijn stoel en keek rond in het kamertje dat, zoals ik vaststelde, tegelijkertijd dienstdeed als Onno's studeervertrek. Er stond een mij onbekend bureau volgeladen met boeken en paperassen. Altijd was hij maar weer aan het schrijven geweest, had zijn vriendin, een voormalige kapster, mij toevertrouwd, eraan toevoegend met aan eerbied grenzende verbazing: 'Hij was een zoeker.' Zelfs zei ze: 'Misschien een zoeker naar God.' Mogelijk een wensdroom van haar, want zij was gelovig katholiek. Toch trof het me dat die oude vriendin, die slechts enkele jaren met hem had samengeleefd, hem vanuit een bepaalde gezichtshoek zo goed typeerde – zelf had ik het niet onder woorden kunnen brengen, maar onverwachts doemde hij voor me op: jong, wars van alles wat zijn ouderlijk huis hem bood, met die drift in zich, een duistere opstandigheid, op zoek naar een leven dat hem beter zou passen. Weer zag ik hem weglopen in de schemer van de avond nadat hij de deur achter zich had dichtgeslagen, een atoom dat was losgeraakt, van mij, van onze wereld.

Ik staarde naar de papieren op zijn schrijftafel: woorden nog vers van zijn vingers, gedachten nog onlangs geboren in dat nu afgestorven brein. – Misschien lag er wel een brief gericht aan mij met die vertrouwde aanhef: *Dear sister*, die mij altijd deed glimlachen vanwege de plechtstatigheid van zijn stijl.

Ik sloot mijn ogen in een poging binnen te dringen in zijn hoofd en te reconstrueren wat zich daar mogelijk had afgespeeld, in die grijze hersenmassa waarin nog herinneringen, kwellingen of dromen aanwezig moesten zijn geweest voordat het licht uitging. Maar er openbaarde zich niets, hij bleef een enigma. Ook werd ik niet overspoeld door de warmte van verdriet. Ik voelde me alleen, zijn zuster, de enige die was overgebleven van de familie. Tegelijkertijd kwam het me voor alsof ik lang geleden, decennia geleden al afscheid van hem had genomen. Alsof dit zijn tweede dood was.

Toch hing er een onuitgesproken treurnis over ons beiden. Vanwege de gemiste kansen, vanwege een leven dat in zijn jeugd al geknakt werd, en het spijtige besef dat wij elkaar in ons volwassen leven niet meer bereikt hadden, dat het gebleven was bij een briefwisseling van Dear sister aan Beste broer.

Ik hoorde de machine onder het bed die zijn lichaam gekoeld moest houden discreet zoemen. Zo zat ik naast hem, twee oude kinderen, waarvan er één zonder afscheid te nemen op reis was gegaan.

Ik weet niet hoe lang ik in die ongemakkelijke stoel heb gezeten, half slapend met mijn armen, slap als van een marionet naar beneden bungelend. Ik had een benauwde droom over Onno als kleine jongen die in de golven van de zee speelde, hij sprong op zijn witte benen over de lage vloedgolfjes. Het water rees steeds hoger en steeds werd hij kleiner, leek in elkaar te krimpen, zijn contouren vervaagden, hij smolt eenvoudig weg en verdween in het zoute zeewater terwijl ik naar hem bleef staren tot er niets was overgebleven dan alleen zijn twee ogen die op de golven dobberden.

Ik begon in de sterfkamer heen en weer te lopen. Het huis was uitgestorven. Zijn vriendin was bij haar zuster gaan logeren omdat ze doodsbenauwd was voor een dode in haar flat, en van ochtendverkeer was er op dit uur nog geen sprake. Ik knipte de bureaulamp aan en zag dat het halftwee was. Onveranderd lag hij op het bed. Ik had toch niet verwacht dat hij zijn ogen zou hebben geopend om mij aan te kijken? Het gaf me een onbehaaglijk gevoel om me in zijn aanwezigheid te bevinden en tegelijkertijd in de aanwezigheid van niemand, van de leegte die hij had achtergelaten. Onrust dreef me naar zijn bureau dat nu binnen de nimbus van de leeslamp werd gevangen. Ik zag het koperen stempelleeuwtje dat aan onze vader had toebehoord op het schrijfblad zitten – kennelijk had Onno toch iets persoonlijks van hem willen hebben – en het kwam me voor of het leeuwtje draden spon tussen onze vader en ons beiden als kinderen, het leeuwtje had alles overleefd en zou ongetwijfeld ook mij overleven. Ik pakte het postzegeldoosje op waarin postzegels zaten voor brieven die nooit meer zouden worden verstuurd. Al die voorwerpen nam ik in mijn handen alsof ik mezelf kon terugprojecteren in het verleden, ik bladerde in cahiers volgeschreven met zijn 'muggenschrift' zoals ik dat altijd noemde en waarvoor ik steevast een vergrootglas nodig had gehad om het te ontcijferen.

Wat me ertoe bracht om onder zijn bureau te kijken weet ik niet, maar daaronder, tegen de achtermuur gedrongen als een schuw dier ontwaarde ik een donkere vorm, ik ging op mijn knieën liggen en strekte mijn hand ernaar uit – ik voelde me indiscreet en ook belachelijk zoals ik daar onder zijn bureau geknield lag – niettemin trok ik het donkere ding naar me toe en ontdekte dat het een versleten rundleren valies was beplakt met verbleekte etiketten van landen en hotels waar onze ouders vele decennia geleden naartoe waren gereisd. Lugano kon ik nog ontcijferen, en Rome. Ik trok het valies in de lichtkring en wist na enig wrikken – mijn indiscretie ging zo ver dat ik er een schaar bij gebruikte – de beide sloten open te krijgen.

Toen ik de deksel had opengeslagen en de inhoud zichtbaar werd, leek het me of onhoorbare stemmen mij vanuit die ouwe koffer tegemoet schreeuwden, terwijl het verontrustende rood en zwart van nazistische propagandabladen bloot kwam. Bijna had ik van schrik en weerzin de deksel weer dichtgedaan, maar iets weerhield me daarvan. Als vanzelf woelden mijn vingers rond tussen weekbladen als *Signal, Waffen SS* en *Der Adler* waarvan sommige prijkten met de vliegende Duitse adelaar die de swastika in zijn poten meevoerde door de lucht terwijl weer andere bladen beelden van breedgekaakte blauwogigen en gehelmde strijders lieten zien die zich door apocalyptische taferelen bewogen. Een gevoel van gêne overviel me alsof Onno over mijn schouder meekeek terwijl hier iets werd blootgelegd dat verborgen had moeten blijven. Toch zette die gemummificeerde oorlog die ik bijna was vergeten onverhoeds zijn klauwen in mijn herinnering, de oorlog en mijn jeugd die opgelost hadden geleken in de tijd, zwenkten plotseling terug. Springlevend.

Ik bladerde in een rood bundeltje *Blut und Ehre, Lieder der Hitlerjugend*, met een op het schutblad geschreven opdracht: *Die Fahne ist mehr als der Tod*. Dat gaf me een huivering, die waanzinnige doodsverachting, die opgefokte doodsdrift... Alles voor de Eer en het Vaderland. Was dit ook Onno's droom geweest, de nostalgische droom van een puber? Een held te zijn, groter dan de dood? Was het daarom dat hij nooit afstand had kunnen doen van deze leugenachtige pathetische rommel? Hadden die woorden, die vette melodie van de Eer en de Dood, de nachtegalenzang waarmee overal ter wereld soldaten door hun leiders zijn bespeeld ook hem in hun ban gebracht? Maar die generaals overleefden de oorlog toch wel, die zorgden wel dat ze buiten schot bleven. Ging Hitler ooit naar Stalingrad om er getuige van te zijn hoe zijn soldaten streden en stierven? Misschien waren lijden en dood abstracte begrippen voor hem terwijl het voor die manschappen een heilige plicht heette voor het vaderland te sneuvelen...

Ik sla de Duitse weekbladen open die stroef zijn van ouderdom en stof, maar die nog altijd luidkeels hun strijdkreten en valse leuzen op me afvuren. Opeens steekt mijn oude woede tegen Onno de kop op. – Ik ga deze rommel verbranden, in jouw plaats ga ik het verbranden als een lijk op een brandstapel. Ik steek de open haard aan en jaag alles door de schoorsteen, dit narcoticum, deze drug waarmee miljoenen zijn beneveld. Waarom in godsnaam heb je dit bewaard? Was je er zo aan verknocht? Was het zozeer een onderdeel van je denken en leven? Ik wil niet dat iemand dit vindt, dat iemand ervan weet... omdat je er geen afstand van hebt willen nemen.

Afschuwelijk dat ik zo boos ben terwijl hij daar ligt zonder zich te kunnen verdedigen. Terwijl juist zijn dood een verzoening teweeg had kunnen brengen en die hele episode uit onze jeugd had kunnen uitvlakken.

Ik lees: *Deze oorlog wordt met de heftigheid van een godsdienstoorlog gevoerd, hier staan geen mogendheden tegenover elkaar, maar wereldbeschouwing tegenover wereldbeschouwing.* Een godsdienstoorlog, ja, ze wisten hun moorddadige veroveringszucht en de vernietiging van miljoenen joden wel met fraaie bewoordingen te omkleden. Werd Onno verblind door de heroïeke glans van die woorden, door de melodie van die ophitsende strofen: *die Fahne ist mehr als der Tod...?*

Ik ben zo zenuwachtig dat ik een sigaret moet opsteken, ik rommel in mijn tas zonder een blik op hem te slaan, zozeer voel ik me verscheurd tussen de weerloze gestalte op het bed en zijn zoveel jeugdiger evenbeeld die indertijd een smet op mijn leven heeft geworpen. In een sterfkamer kun je voor je fatsoen niet roken en dus trek ik de deur achter me dicht om in de keuken koffie te gaan zetten en in afzondering mijn sigaret op te steken. Weerkaatst in het glas van het keukenvenster zie ik mijn eigen beeltenis staan, schimmig oplichtend uit het zwart van de nacht. Ik kijk ernaar in het besef dat ik alleen ben, dat er niemand is om mijn herinneringen mee te delen.

Toch zuigt de koffer mij opnieuw naar zich toe, en ik heb haast want straks breekt de dageraad aan. Dus begin ik op mijn knieën gezeten opnieuw te spitten in die prehistorische tijd toen wij beiden nog halfvolwassen waren en ik de draad van zijn leven ben kwijtgeraakt. Tussen de papieren vandaan diep ik een dikke envelop op, een gewichtig uitziende kantoorenvelop van het Oost Instituut waarop in zijn zo karakteristieke handschrift *Aan mijn ouders* staat geschreven. Is dit een brief die nooit werd verzonden? Behelst die een laatste uiteenzetting of een rechtvaardiging van zijn handelen voor het geval hij, Onno, zou zijn verdwenen in het tumult van de strijd?

Ook nu moet ik me moeite geven om zijn cryptisch schrift met de dunne voorover hellende letters te ontcijferen. Ik zal mijn leesbril moeten opzetten. Daar neem ik de tijd voor om moed te verzamelen om de confrontatie aan te gaan met zijn woorden en argumenten waarmee hij mijn ouders zal hebben bestookt en die de bitterheid van die jaren weer zal terugroepen.

Het wordt tijd de kaarten open te gooien: ik ben een nationaalsocialist in hart en nieren. Dit hebben jullie al geruime tijd geweten, op z'n minst vermoed, maar misschien zullen jullie je afvragen hoe ik tot mijn huidige opvatting ben gekomen.

Ik ben mij voor het eerst bewust geworden van Duitslands vernederende positie zo'n tien, twaalf jaar geleden toen er aan onze deur twee invalide mannen kwamen die schilderijtjes verkochten waarvan de opbrengst ten goede zou komen aan de gewonde Duitse soldaten uit de Eerste Wereldoorlog. Duitsland, zo begreep ik toen, had de

oorlog verloren en zijn invaliden en de halfverhongerde kinderen wer-
den aan hun lot overgelaten. Dit maakte diepe indruk op me.

Van dat ogenblik af is mijn politieke belangstelling ontwaakt. Als
kleine jongen leefde ik intens mee met de verkiezingen, ik nam alle
leuzen in me op, las alle pamfletten die ik maar te pakken kon krij-
gen. Ik herinner me nog goed hoe ik als kind vroeg in de ochtend naar
beneden ging om de krant uit de bus te halen en die languit liggend op
de tafel begon te lezen.

Maar nu ben ik pas wezenlijk ontwaakt en is mijn besluit geno-
men. Ik zie de wereld als een ruimte waarin ook het werk van een
eenling (Adolf Hitler) van vérstrekkende betekenis kan zijn. De re-
sultaten van zijn grootse werk moeten ieder mens kunnen bereiken
zonder dat die gefrustreerd worden door kortzichtige lieden die zich
verschansen in hun vastgeroeste maatschappij.

Een sneer aan het adres van onze ouders. Het is of ik zijn
stem weer hoor die praat op die smalende betweterige
en gelijktijdig gepassioneerde toon die mij zo kwaad kon
maken. Ik moet mijn weerzin overwinnen om verder te
kunnen lezen.

Jullie hoopten mij dociel te kunnen maken, mij om te vormen in jullie
ideaalbeeld van een zoon. Soms kreeg ik het bizarre gevoel dat jullie
mij van mijn kracht wilden beroven. Dat is het ergste wat je iemand
aan kunt doen, want met die kracht ben je geboren, je kunt er niet
buiten, en wanneer mensen je die kracht willen ontnemen dan is dat
zoiets als het uittrekken van de angel van een bij, wanneer je die kwijt
bent is het afgelopen.

Maar ik wil niet in onderworpenheid leven en niet in angst. Alle

regels en beperkingen gooi ik van me af, ik ga worden die ik wil wor-
den. Ik ga schoon beginnen zonder herinneringen. Als ik ooit terug-
kom zal dat zijn nadat de Dag van de Overwinning is aangebroken
en dan zal ik door Amsterdam lopen alsof het een vreemde stad is, en
misschien vind ik jullie dan nog ergens als vergrijsde muizen wegge-
kropen achter dichte deuren tegen de wind van de Nieuwe Tijd.

Overmand door verwarring laat ik de brief zakken. Wonderlijk hoe via die woorden van een halve eeuw geleden,
uit het braakland van zijn jeugd, zijn contouren weer opdoemen. Ik zou de brief willen verscheuren, toch ontwaakt er iets anders in me. Begrip? Of meer nog me-
dedogen met een puber die verstrikt was geraakt in een
verwarrende tijd, die zich kritiekloos had laten meevoe-
ren door de leuzen over een grootse nieuwe wereldbeschouwing.

Vergeelde bonkaarten, zijn ausweis, zijn persoonsbe-
wijs, alles geeft die oude koffer prijs, ook zijn lidmaat-
schapskaart en de deelnemerslijst van de Nationale
Jeugdstorm waarop zijn naam staat. Op zijn legitimatie-
bewijs ontcijfer ik: nr A35/115048 – voor de Duitsers waren de mensen nummers, nummers die ze onderbrach-
ten in tabellen, die ze naar het slagveld transporteerden
of vervoerden in veewagens naar de vernietigingskam-
pen; miljoenen nummers konden worden afgestreept.

Ineens houd ik een slap zwart krullerig ding in mijn
handen, iets als een dood poedeltje, ik vouw het terug in
zijn oorspronkelijke vorm en zie dat het een kapoets is,
de muts die hij droeg wanneer hij in uniform rondliep,

het zwarte astrakan tussen mijn vingers voelt alsof hij de muts zojuist heeft afgezet...

Zijn hele leven lang moet hij deze koffer met zich hebben meegesjouwd, van het ene adres naar het andere, van het huis waarin hij zijn huwelijksjaren doorbracht naar dat van zijn weduwnaarschap, van het huis van een nieuwe liefde naar weer het volgende. En altijd die koffer mee, heimelijk verborgen op een zolder, in een kelder of garage.

Ten slotte vind ik tussen de schuldige restanten van zijn verleden een klein voorwerp van stof. Ik trek het tevoorschijn om het te kunnen bekijken in het licht van de bureaulamp: een cirkelvormig blauw lapje waarop een vliegende witte meeuw is geborduurd. De stormmeeuw, begrijp ik, het insigne van de Jeugdstorm, de draadjes waarmee het aan zijn uniform moet zijn vastgehecht hangen er nog bij. Vermoedelijk was de vogel hem te dierbaar om te vernietigen. Hij had hem tot de koffer veroordeeld en nu komt de witte vogel aan het licht als een archeologische vondst. Hij ziet er nog fris uit, heeft niet te lijden gehad van schimmel of mot. Met zijn argeloze ronde oogjes lijkt hij te ontkennen ooit iets met oorlog van doen te hebben gehad. Misschien, zo komt de gedachte bij me op, zullen ze er bij het Instituut voor Oorlogsdocumentatie in geïnteresseerd zijn, hebben ze daar geen stormmeeuw in hun collectie. Ik leg hem apart, die krijgt een *Sonderbehandlung*...Vreemd zoals dat walgelijke woord opeens in me opwelt alsof er een besmettelijk virus uit die koffer ontsnapt.

Waarom had hij dit alles bewaard? Wilde hij dat dit ooit gevonden zou worden? Zocht hij naar de nooit opgekomen getuige en wenste hij een oordeel? Had hij ooit het plan opgevat zijn enige dochter op de hoogte te brengen van wat hij als jongeman had gedacht en gedaan en had hij aan haar iets willen overdragen van zijn strijd, zijn verloren gegane idealen, of misschien ook van zijn verblinding, zijn mislukking? Wilde hij uiteindelijk *gekend* worden?

Mijn dank aan het NIOD voor hun hulp bij mijn research in verband met dit boek.

Inez van Dullemen